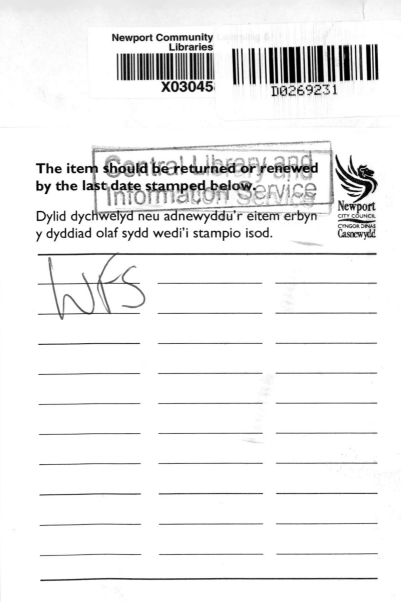

PERTHYN

SIAN NORTHEY

Gomer

Cyhoeddwyd gyntaf yn 2019 gan
Wasg Gomer, Llandysul, Ceredigion SA44 4JL
www.gomer.co.uk

ISBN 978 1 78562 228 1

Cyhoeddwyd gyda chymorth ariannol
Cyngor Llyfrau Cymru.

Argraffwyd a rhwymwyd yng Nghymru gan
Wasg Gomer, Llandysul, Ceredigion.

I Llinos, Sioned a Gwen

Diolchiadau

Diolch i Mari Emlyn a phawb arall yng Ngwasg Gomer am eu gofal.

Diolch i Elfed Roberts am ei sylwadau (er 'mod i wedi gadael y gwrych dychmygol na fu erioed o flaen tai Penllyn).

A diolch i'r Cyngor Llyfrau.

Mae'r lleoliadau'n gyfuniad o'r gwir a'r dychmygol. Os oeddech chi'n byw yn 1, Penllyn yn y 30au, yn rhywle yn Clare Gardens yn y 50au neu yn 83, Pen Cei yn y 60au, diolch yn fawr am gael 'benthyg' eich tŷ.

PROLOG

Nid dedfryd oedd hi fel y cyfryw, dim ond penderfyniad. Neu benderfyniad y mwyafrif.

'A dim cyswllt â'r gweddill ohonom tra bydd y plentyn efo chdi.'

Roedd rhaid i mi dderbyn, wrth gwrs. Mi ydan ni angen y naill a'r llall. Hyd yn oed pan nad ydan ni'n byw efo'n gilydd, yn y cyfnodau pan 'dan ni'n cymysgu â phobl gyffredin mae angen cefnogaeth y lleill arnom – ar gyfer pethau ymarferol ac er mwyn cadw'n pwyll. Ac mi oeddan nhw wedi fy rhybuddio.

'Mae yna rai wedi trio o'r blaen. Tydi o byth yn llwyddiant. Mi fysa'n well i ti beidio.'

A hyd yn oed wedyn.

'Tydi hi ddim yn rhy hwyr. Mi fedri gael gwared ohono. Neu ei adael yn rhywle.'

Ond wnes i ddim gwrando. Mi wnes i lynu'n styfnig at fy mhenderfyniad. Ac mi wnes i dderbyn yr esgymuno.

Wrth i mi adael rhoddodd ei llaw yn ysgafn ar fy mraich.

'Os byddi di angen help, wirioneddol angen help.'

Cofleidiais hi, a sylweddoli bod fy siâp yn wahanol yn barod.

'Diolch. Wela i di.'

Heb wybod a fyddwn i'n ei gweld.

PENRHYNDEUDRAETH

PENNOD 1

Cerdded i fyny o gyfeiriad yr orsaf wnaeth hi'r diwrnod cyntaf hwnnw. Wyddai hi ddim yn iawn be oedd wedi gwneud iddi hi gamu oddi ar y trên yn yr orsaf fechan hon fwy nag unrhyw orsaf arall ar y daith o'r de. Roedd ganddi docyn i ben draw'r lein er na wyddai hi sut le oedd fanno chwaith.

'Lle ydi'r lle pella fedra i fynd?'

Dyna ofynnodd hi i'r gwerthwr tocynnau. Gwenodd yntau ar y wraig ifanc ddeniadol a'r babi bychan yn cysgu yn ei breichiau.

'Ar y trên yma?' gofynnodd gan bwyntio at yr un oedd yn sefyll wrth y platfform. 'Wel mi fedrwch chi fynd i Bwllheli. Os newch chi newid yn Afonwen mi gewch chi drên eith â chi i Fangor a Chaergybi, neu am Gaer 'na. I lle 'dach chi isio mynd?'

'Mi wneith Pwllheli'n iawn.'

'*Return*?'

'Nage, *single*.'

Fe ofynnodd yntau am ddeg swllt, ac mi dalodd hithau. Ond wnaeth hi ddim aros ar y trên cyn belled â Phwllheli. Fe basiodd y castell yn Harlech, gwyro'i phen ychydig er mwyn edrych i fyny ar y waliau anferth a theimlo na hoffai fagu'r bychan yn ei gysgod, ond wrth i'r trên fynd yn ei flaen trwy Dalsarnau a'r Ynys dechreuodd deimlo rhyw ysgafnder. Arhosodd y trên yn *halt* bychan Llandecwyn a daeth criw o ferched hwyliog i mewn i'r cerbyd gan siarad yn ddi-baid. Edrychodd Helen trwy'r ffenest ar ehangder y dŵr a'r tywod ac ar y lwmp o ynys yng nghanol yr aber; glaniodd haid fechan o wyddau o'i blaen a bu bron iddi adael y trên yn fanno. Ond cyn iddi hi gael cyfle i godi a cherdded at y drws cychwynnodd y trên unwaith eto a mynd yn araf ac yn swnllyd dros y bont bren a gysylltai'r ddwy lan â'i gilydd. Am eiliad edrychodd i fyny'r afon lle roedd y llechweddau serth, creigiog yn disgyn i lawr at y dŵr, a lle roedd rhyw waith diwydiannol prysur yr olwg ar un ochr. Ond yr olygfa i gyfeiriad y môr oedd yn ei denu. Pan arhosodd y trên yng ngorsaf Penrhyndeudraeth mi oedd hi'n barod, ac fe gamodd i lawr i'r platffform gan roi gwên sydyn o ddiolch i'r giard.

'Ddim Pwllheli...' dechreuodd hwnnw, ond wnaeth Helen mo'i ateb. Gyda'i babi ar un fraich a chês brown bychan yn y llaw arall, dilynodd y ddau ddyn canol oed oedd hefyd wedi gadael y trên ym Mhenrhyndeudraeth ac oedd eisoes yn dringo'r allt i'r pentref. Fe gafodd un o'r rheini row gan ei wraig y noson honno am nad oedd o wedi llwyddo i gael gwybod pwy oedd hi.

''Sat ti wedi gallu cynnig cario'i chês hi, a 'sat ti wedi cael gwbod wedyn.'

Fe sylwodd sawl un ar Helen yn cerdded i fyny'r allt. Gwelsant hi'n oedi o flaen y Griffin ond yna'n croesi'r ffordd ac yn cerdded yn ei blaen ar hyd y stryd. Roedd yna ddyn – mi ddysgodd hithau ymhen amser be oedd ei enw – y tu allan i siop y cigydd yn rhoi sawl parsel papur llwyd ym masged beic a oedd yn pwyso yn erbyn y ffenest.

'Gwynt yn fain pnawn 'ma.'

Nodiodd Helen, ac yna penderfynu bod yna rywbeth agored braf am wyneb y cigydd, agored fel y traeth a'r aber a'r awyr a'i denodd i adael y trên.

'Yndi. Dwn i'm os fedrwch chi'n helpu i?'

'Dria i, 'mechan i.'

'Ydach chi'n gwbod am dŷ ar osod? Dw i ddim angen lle mawr. Dim ond fi a fo.'

Edrychodd David i lawr ar ei llaw ond roedd hi'n gwisgo menig. A phenderfynodd Helen y byddai'n rhaid iddi hi gael gafael ar fodrwy o rywle.

'Yn Pendryn 'ma?'

'Ia, am wn i.'

Daeth gwraig y cigydd allan i fusnesu.

'Y wraig ifanc 'ma yn chwilio am dŷ ar osod,' esboniodd ei gŵr.

'Maen nhw newydd symud allan o'r tŷ cynta ym Mhenllyn. Falla bod hwnnw ar gael. Dowch i mewn o'r gwynt 'ma efo'r bychan 'na ac mi wna i holi Doris.'

Ac felly yr aeth Helen yn denant i Doris yn Number One, Penllyn, Penrhyndeudraeth.

'Gwraig weddw wyt titha fel finna?' holodd Doris gan droi'r goriad a rhoi hwth slei i'r drws i guddio'r ffaith ei fod wedi chwyddo oherwydd tamprwydd.

'Ia,' meddai Helen.

Ac ymhen diwrnod neu ddau roedd bron iawn pawb yn gwybod bod yna weddw ifanc a babi bach wedi symud i'r pentref.

'Felly un o lle ydi hi?'

'Wn i'm. John ydi enw'r babi. Peth bach del ydi o.'

Y bore ar ôl iddi hi a John symud i mewn i'r tŷ daeth Doris at y drws a llond ei haffla o focsys a bagiau.

'Meddwl 'sat ti'n gallu neud efo chydig o betha,' meddai gan ollwng ei llwyth ar fwrdd y gegin. 'Nes daw dy betha dy hun, yn de,' ychwanegodd gan weld Helen yn anghyfforddus.

Diolchodd Helen iddi am yr ychydig lestri a llieiniau a ballu.

'A hon hefyd,' meddai Doris gan basio rhywbeth bach gloyw iddi hi. 'Haws cau llygid y diawled na'u cega nhw.'

Llithrodd Helen y fodrwy am ei bys ac ni thrafodwyd y peth byth wedyn.

Wnaeth Doris ddim gogr-droi y diwrnod hwnnw ac ar ôl iddi hi fynd teimlai Helen ryw ysgafnder. Efallai y byddai popeth yn iawn. Er mor fentrus a gwallgo a gwahanol oedd ei phenderfyniad efallai y byddai popeth yn iawn. Edrychodd allan trwy'r ffenestri dilenni. Gallai weld y mynyddoedd yr ochr arall i'r aber ac adeilad bychan, eglwys efallai, ar fryncyn yn nes ati. Roedd yr haul yn tywynnu, ac er ei bod hi'n oer mi oedd gwynt ddoe wedi cilio.

'Tyd, John. Mi awn ni am dro. Mi geith hyn i gyd aros.'

Gwisgodd ei chôt, lapio John mewn siôl a gadael y tŷ gan ddefnyddio'i holl nerth i dynnu'r drws i'w le. Fe fyddai angen benthyg plaen, meddyliodd. Tybed a fyddai posib plaenio digon arno fo heb ei dynnu'n rhydd o'i ffrâm? Os felly fe allai wneud y gwaith ei hun.

'Ond rŵan 'dan ni'n mynd am dro, tydan, cariad?'

A theimlodd yn od wrth i'r gair yna, 'cariad', lithro allan heb iddi hi feddwl am y peth. Gwyddai nad oedd hi erioed wedi'i ddweud o'r blaen – nid wrth John nac wrth neb arall chwaith. Roedd o'n teimlo ychydig yn chwithig, ond nid yn annifyr. Arbrofodd, yn ymwybodol y tro hwn.

'Hanner awr yn yr haul, cariad bach, ac wedyn adra i roi trefn ar y tŷ 'na.'

Agorodd John ei lygaid a syllu arni hi. Ofnodd y byddai'n dechrau crio ac y byddai rhaid iddi hi fynd yn ôl i'r tŷ i'w fwydo, neu roi clwt glân iddo, neu wneud rhywbeth arall nad oedd hi wedi'i ddarganfod eto a oedd yn plesio babis bach. Ond ar ôl munud neu ddau fe gaeodd John ei lygaid unwaith eto a mynd yn ôl i gysgu. Roedd hi'n anodd iawn proffwydo be oedd babi'n mynd i'w wneud. I ryw raddau, tybiodd, dyna oedd yn eu gwneud mor ddifyr a diddorol, ond hynny hefyd oedd yn esbonio sut yr oeddan nhw'n gallu bod â rheolaeth lwyr dros eu gofalwyr.

Wnaeth hi ddim cerdded i unrhyw fan penodol, dim ond dilyn ei thrwyn ar hyd y strydoedd culion ac ar hyd y gwead o lwybrau oedd yn mynd heibio cefnau'r tai. Dringodd i fyny llwybr oedd yn pasio tŷ o'r enw Mount Pleasant nes ei bod o flaen clamp o gapel o'r enw Nazareth. Syllodd ar y blaen urddasol a'i golofnau a'i ddau ddrws a meddwl ei fod o'n wahanol iawn i unrhyw adeilad a fodolai yn y Nazareth go iawn. Nid ei bod hi'n gwybod llawer am fanno ond roedd rhywun wedi dweud wrthi mai rhyw le digon tlodaidd oedd o, ers talwm o leiaf. Efallai y byddai'n dda o beth iddi hi fynychu capel yma. Ond i ddechrau fe fyddai'n rhaid iddi benderfynu pa enwad roedd hi am fod. Roedd y Nazareth 'ma mewn lle braf â'i fynwent fechan o'i flaen, roedd yn agos i'w thŷ, ac fe allai fod mantais i fod yn aelod mewn capel mawr, lle na fyddai hi ond yn un ymysg llawer.

''Dach chi'n setlo?'

Trodd Helen i weld gwraig nobl yn tannu dillad yn un o'r gerddi. Am eiliad allai hi ddim cofio pwy oedd hi ond edrychodd ar y lein a gweld y ffedogau streipiog – gwraig y cigydd oedd hi.

''Dach chi'n setlo?' meddai honno eto, fel pe bai'n cymryd mai heb glywed yn iawn oedd Helen. 'Doris yn eich trin chi'n iawn?'

Sicrhaodd Helen hi ei bod hi'n setlo, bod Doris yn landledi benigamp, ac y byddai hi a John bach yn siŵr o fod yn hapus iawn yma.

'A faint ydi'i oed o rŵan, 'ngwas i?'

'Mis fydd o fory.'

Roedd hi'n amlwg y byddai'r wraig wedi bod yn hollol hapus yn sefyll yn ei gardd yn holi Helen yn dwll am oriau, ond trwy lwc fe ddeffrodd John a chrio rhyw fymryn.

'Well i mi fynd adra i fwydo'r dyn bach,' meddai Helen gan drio cadw'r rhyddhad o'i llais.

'Da iawn chdi, Sionyn,' meddai wrth fynd yn ôl i lawr y llwybr, croesi'r ffordd ac i lawr llwybr bach arall at y tŷ. Tra oedd hi'n eistedd yn bwydo'r bychan, dechreuodd greu rhestr yn ei phen o'r holl bethau yr hoffai eu gwneud i'r tŷ llwm er mwyn ei wneud yn fwy cartrefol. Roedd yno ychydig o ddodrefn – ddim cweit digon i gyfiawnhau disgrifiad Doris, sef 'fully furnished', ond o leiaf mi oedd yna wely a bwrdd a chadair.

Flwyddyn yn ddiweddarach doedd y tŷ ddim yr un lle. Roedd yna lenni lliwgar ar bob un ffenest, ambell lun ar y waliau, ychydig lyfrau a thri neu bedwar tegan ar silff ger y lle tân a mat rags helaeth o flaen yr aelwyd. Roedd hi wedi cymryd oriau i Helen wneud y mat a hynny dros gyfnod o wythnosau gan ddefnyddio pob math o garpiau dillad y câi hi eu cynnig, a doedd hi heb wario llawer ar y llenni na'r teganau na dim byd arall chwaith. Ond er gwaethaf bod yn gynnil a darbodus am flwyddyn roedd ei chynilion bron i gyd wedi mynd – fe fyddai'n rhaid iddi hi gael rhyw ffordd o wneud arian. Er mor glên oedd Doris, fe wyddai Helen na fyddai maddeuant i denant a oedd yn hwyr yn talu'r rhent.

'Sgen ti syniada, Sionyn?'

Gollyngodd y bychan ei afael ar goes y gadair, sefyll yn simsan am funud ac yna disgyn yn glewt ar ei ben ôl. Er ei fod o wedi gollwng y diwrnod cynt, a Helen wedi gwirioni ei weld yn cerdded tri cham, penderfynodd fod cropian at ei fam yn well syniad o dan yr amgylchiadau. Cododd Helen ef i'w breichiau a phwyntio allan trwy'r ffenest. Roedd tua dwsin o adar bach yn dawnsio yn y gwrych.

'Sbia – titw cynffon hir. Dydyn nhw ddim yn gorfod poeni am dalu rhent.'

Edrychodd y bychan ar yr adar.

'Titw,' meddai Helen. 'Titw, titw.'

'Titw.'

Ac yna roedd o'n gwingo isio cael ei ollwng ar y llawr eto lle y gallai godi ei hun gyda chymorth coes y bwrdd a mentro cam neu ddau cyn disgyn eto. Roedd y ffordd yr oedd o'n newid bob dydd yn rhyfeddod i Helen – deall gair newydd, gollwng, dweud gair newydd. A thyfu. Bron nad oedd hi'n ei weld yn tyfu. Fe fyddai angen mwy o ddillad eto'n fuan iawn. Roedd hi'n gobeithio y byddai Marian, cymydog iddi oedd â mab rhyw hanner blwydd yn hŷn, yn dod draw gydag ychydig o ddillad fel roedd hi wedi'i wneud yn y gorffennol. Ond os na fyddai honno'n galw fe fyddai'n rhaid iddi hi brynu ambell beth. Ac iddi hi'i hun, meddyliodd, gan dynnu ar lawes ei chardigan i guddio lle roedd godra llewys ei blows yn dechrau breuo.

'Mae hyn yn mynd i ddigwydd am byth, tydi, Siôn bach? Chdi yn tyfu ac yn newid. Altro. Dysgu. Mynd yn hŷn.'

Gwenodd wrth feddwl am y peth, ac eto roedd yna ryw dristwch yn y wên. Trodd ei sylw'n ôl at yr adar oedd yn dal i symud yn ôl ac ymlaen ar hyd y pwt gwrych rhyngddi hi a thŷ drws nesaf. Efallai y dylai hi ddechrau eu bwydo. Byddai rhoi briwsion ar fwrdd adar a'u gwylio'n heidio yno i hel eu boliau'n rhywbeth y byddai John yn ei fwynhau efallai. Ac fe fyddai eu bwydo'n gwneud bywydau'r adar yn well – mae'n siŵr nad oeddan nhw'n fywydau hir beth bynnag. Cerddodd dau ddyn heibio ar hyd y ffordd oedd o flaen y rhes fechan o dai. Stwcyn bach pen melyn oedd un a'r llall yn dal, yn dywyll a golygus. Ac eto edrych ar y pwtyn bach, braidd yn grwn, wnaeth hi. Roedd yna rywbeth am ei gerddediad a'i osgo yn ei denu.

'Rho gora iddi hi, Helen. Dyna ti un peth fedri di ddim neud rŵan.'

Doedd hi ddim yn siŵr a oedd hi wedi dweud hynny'n uchel ai peidio. Ond cyn iddi hi allu meddwl mwy am y peth daeth cnoc ar y drws ac yna 'Iw-hw' wrth i Marian gerdded i mewn. Gwenodd Helen wrth weld y dillad roedd hi'n eu cario.

'Falch o 'ngweld i neu falch o weld rhain wyt ti?'

'Y ddau os dw i'n onast,' atebodd Helen gan chwerthin. 'Dw i bron â rhoi'r gora i fwydo hwn mae o'n tyfu mor gyflym!'

Aeth Helen i ferwi'r tegell a phlygodd Marian i lawr i chwarae efo John.

'Ti'n mynd yn bisyn, dwyt? Paid ti â mynd i feddwl dy hun fatha pob dyn smart arall.'

Daeth Helen yn ôl i'r stafell efo llond tebot o de a'i osod ar y bwrdd wrth y ffenest. Cerddodd y ddau ddyn yn ôl i fyny'r ffordd.

'Pwy …?'

Edrychodd Marian trwy'r ffenest a chwerthin.

'Meirion. Dyna oeddwn i'n ddeud wrth yr hogyn bach 'ma – gobeithio na fydd o rhy ddel neu mi fydd o gymint o gocyn â hwnna!'

'A pwy 'di'r llall?'

'Llew. Un da 'di Llew. Mae'i wraig o'n ddynas wael ac mae o'n ofalus iawn ohoni hi. Rhywun fatha Llew ti isio i edrych ar dy ôl di a'r bych.'

'Mi drycha i ar ôl John 'yn hun.'

Cododd Marian ei dwylo i'r awyr fel pe bai Helen yn dal gwn a chwarddodd y ddwy. Ac yna difrifoli wrth i Helen esbonio pa mor brin o bres oedd hi erbyn hyn a bod yr ychydig yr oedd ei diweddar ŵr wedi'i adael iddi wedi mynd bron i gyd bellach.

Canlyniad y sgwrs oedd fod Helen ben bore ar y dydd Llun canlynol yn cerdded trwy giatiau'r gwaith powdr i lawr wrth yr afon a bod John yn cael ei warchod gan Marian. Roedd o'n ddiwrnod hir a phrin y siaradodd Helen efo 'run o'r merched oedd efo hi yn y sied yn pacio'r ffrwydron i mewn i focsys. Y cyfan y gallai hi feddwl amdano oedd be oedd John yn ei wneud – oedd o'n hapus, oedd Marian yn canu iddo fo, ac yntau mor hoff o ganu, oedd hi'n cynhesu ei lefrith ond ddim yn ei wneud yn rhy boeth, oedd John a Robin, mab Marian, yn cyd-dynnu? Roedd hi'n meddwl am y ddamwain fu yn y gwaith ychydig flynyddoedd cyn hynny – beth petai hi, neu rywun arall, yn gwneud camgymeriad? Sicrhaodd un o'r genod eraill hi ei bod hi'n amhosib, neu bron yn amhosib, iddi hi greu ffrwydriad, ond wyddai Helen ddim a oedd hi'n ei chredu neu beidio. Mi fyddai'n well i John fod yn dlawd neu hyd yn oed yn ddigartref nag yn amddifad. Bu bron iddi hi gerdded oddi yno amser cinio a dim ond y syniad o Doris yn galw ddiwedd yr wythnos a'i cadwodd wrth y fainc. Ar ddiwedd y stem fe ruthrodd oddi yno ac i fyny'r allt i'r pentref. Doedd ehangder yr aber yn ddim cysur iddi hi heddiw – isio bod yn ôl yn y strydoedd lle roedd John oedd hi.

Roedd hwnnw wedi bod yn berffaith fodlon yn cael ei warchod a wnaeth o ddim rhoi rhyw groeso mawr i'w fam pan ddaeth hi trwy'r drws. Ar y mat o flaen y tân yn chwarae efo'r gath oedd o.

'Pws. Sbia, Mam – pws!'

'Beryg bydd rhaid i ti gael cath,' meddai Marian. 'Mae o wedi gwirioni efo hi.'

'Am faint mae cathod yn byw, d'wad?'

'Roedd gan Mam un nath fyw am bymtheg mlynedd,' atebodd Marian. 'Pam?'

Ond wnaeth Helen ddim ateb, dim ond codi John yn ei breichiau, diolch i'w ffrind, a cherdded adref. Y noson honno mi safodd am yn hir yn edrych ar ei mab yn cysgu. Mae'n rhaid bod 'na ryw newid wedi digwydd iddo yn ystod yr oriau y bu'r ddau ar wahân. Allai hi ddim gweld be oedd y newid, ond gwyddai fod newid wedi digwydd. Gorfododd ei hun i fynd i'w gwely a'i adael.

Y bore wedyn y cyfan yr oedd o isio oedd 'Pws! Pws eto!' ac felly fe aeth wythnos heibio ac fe ddechreuodd Helen sgwrsio efo rhai o'r genod eraill yn y sied, ac fe ddaeth paced pae.

'Setlo'n iawn?' holodd y clerc wrth basio'r amlen iddi hi, a dim ond adeg honno y gwnaeth Helen sylweddoli mai'r pwtyn bach gwallt golau oedd yn pasio'i ffenest hi weithiau oedd o. Gwenodd, cochodd, gwgodd, a gwenu eto. A chyn iddi hi allu ateb roedd yn rhaid iddi symud yn ei blaen gan fod 'na res hir y tu ôl iddi yn aros yn ddiamynedd am eu cyflogau.

Nid fo oedd wrth y bwrdd cyflogau'r wythnos ganlynol ac mi oedd hithau'n flin efo hi'i hun ei bod hi mor siomedig.

'Be sy?' holodd Kate, yr hogan oedd yn gweithio agosa ati ar y llinell bacio. 'Ydyn nhw wedi gwneud camgymeriad? Rhaid ti watsiad nhw, 'sti.'

'Na, na, meddwl am rwbath arall oeddwn i.'

Gwthiodd ei phaced pae yn ddiogel i'w phoced a chychwyn am adref. Ond mi gerddodd efo rhai o'r lleill y tro yma a chyfrannu rhyw ychydig i'r sgwrs. Hi oedd y cyntaf i adael y criw gan droi i'r chwith yn Pensarn.

'Distaw 'di hi'n de?'

'Ci distaw sy'n brathu.'

'Ond tlws, genod.'

''Swn i'n licio 'sa gen i groen fel'na.'

'Barith o ddim yn hir yn gweithio lawr fan'cw.'

'Faint 'di'i hoed hi, d'wad?'

'Saith ar hugain, medda hi.'

Ar y pnawn Sadwrn daeth cnoc ar y drws. Llew oedd yno, yn cario bocs carbord, rhyw droedfedd sgwâr. Am funud mi feddyliodd Helen fod 'na rywbeth o'i le efo'r gwaith, efo'i chyflog.

'Wyt ti wastad yn edrych mor bryderus pan mae rhywun yn galw efo anrheg i ti?'

'Anrheg? I mi?'

'I chdi a'r hogyn bach. Marian ddudodd dy fod ti isio cath.'

''Nes i ddim …'

Ond roedd Llew yn edrych mor anghyffforddus wrth feddwl ei fod o wedi camddeall.

'Mae John yn gwirioni efo cathod,' meddai. 'Dowch i mewn.'

'Ti, os gweli di'n dda. Dwyt ti ddim llawer iau na fi.'

'Falla 'mod i'n hŷn na chdi.'

Chwarddodd Llew, wrth ei fodd bod yr hogan roedd pawb yn ei hystyried yn swil neu'n snobyddlyd yn tynnu arno.

Rhoddodd y bocs ar y bwrdd a daeth John draw i fusnesu wrth glywed y sŵn mewian. Cododd Llew gaead y bocs.

'Mae 'na dair yma. Doedd gen i ddim calon boddi 'run ohonyn nhw. Gewch chi ddewis un ac mae fy chwaer yn Bermo am gymyd y ddwy arall.'

Cyn i Helen gael cyfle i wneud, roedd Llew wedi codi John i ben cadair er mwyn iddo fo gael gweld y cathod.

'Pa un ti awydd, was?'

Y gwrcath coch ddewisodd John. Ac fe lenwodd Cena ryw fwlch yn y tŷ na wyddai Helen ei fod yn bodoli cyn hynny. Fe wnaeth iddi hi a John chwerthin fwy nag yr oeddan nhw'n ei wneud cynt. Ac roedd cael rhywbeth a oedd yn tyfu, yn wir yn heneiddio, yn gynt na John yn rhyw gysur rhyfedda iddi hi. Ymhen ychydig flynyddoedd mi oedd Cena'n gath fawr a oedd fwy neu lai wedi rhoi'r gorau i chwarae, er ei fod yn dal i sirioli'r tŷ mewn ffordd na allai Helen ei dirnad, tra bod John yn dal yn blentyn bach – plentyn bach oedd â haf cyfan o'i flaen cyn y byddai'n dechrau'r ysgol.

Fe fyddai yna fanteision wrth gwrs i gael plentyn yn yr ysgol, petai ond na fyddai'n rhaid iddi hi dalu cymaint i Marian am warchod. Un noson ar ôl i John fynd i gysgu gwnaeth symiau bras ar gefn amlen i weld faint cyfoethocach fyddai hi. Gwnaeth gynlluniau ynglŷn â'r hyn y gallai ei wneud â'r arian ychwanegol, ond fe wyddai mai mynd bob yn dipyn fyddai o – ychydig bach mwy o fwyd, ychydig bach mwy o lo. Fel hyn y byddai pethau mwyaf tebyg – byw o'r llaw i'r genau, stryffaglu i gael dau ben llinyn ynghyd. Aeth i fyny'r grisiau i syllu ar y rheswm pam. Roedd o'n amlwg yn breuddwydio am rywbeth. Symudai ei ddwylo a'u cau'n ddyrnau tyn weithiau, ond doedd hi ddim yn ymddangos yn freuddwyd annifyr chwaith. Ac yna daeth y freuddwyd i ben a dychwelodd i drwmgwsg tawel, ac fe sylweddolodd Helen ei bod wedi cyffio ac wedi oeri yn sefyll yno'n berffaith lonydd yn ei wylio.

Ddudodd 'na neb ddim byd am hyn, meddyliodd. Ond i fod yn deg, pwy fyddai wedi gallu dweud wrthi hi? A hyd yn oed petai rhywun wedi trio esbonio, ac efallai fod rhai wedi, fyddai hi ddim wedi'u credu nhw. Toedd hi wedi gweld popeth, wedi profi popeth ac yn gwybod popeth erbyn roedd hi'n feichiog? Allai neb ddysgu dim byd iddi hi.

Gwasgodd yr amlen a'r ffigyrau yn belen dynn a'i thaflu i mewn i'r tân, a gafael mewn llyfr yr oedd hi ar ganol ei ddarllen – rhyw gasgliad o straeon byrion roedd rhywun wedi'i argymell. Ond cyn iddi hi allu suddo i fyd y chwarelwyr daeth cnoc fach dawel ar y drws cefn. Fe wyddai pwy oedd yna. Bob yn hyn a hyn, unwaith neu ddwy y mis efallai, byddai Llew yn galw. Er mai dod gyda'r nos fel hyn yn ddistaw i'r drws cefn fyddai Llew yn aml, roedd yna rywbeth diniwed iawn am ei ymweliadau.

'Tyd i mewn.'

Ac fe ddaeth i mewn a sefyll yno, fel y gwnâi bob tro, hyd nes y câi wahoddiad i wneud rhywbeth arall.

'Stedda, Llew. Gymri di banad?'

Ac fe wnaeth Helen baned, a gwyddai y byddai'r ddau wedyn yn sgwrsio am hyn a'r llall, ac y byddai hi'n gofyn, fel y gofynnai bob tro, sut oedd Ann, ac y byddai yntau'n dweud ei bod hi'n eithaf ac efallai y byddai hi'n gwella ar ôl i'r tywydd newid. A'r ddau ohonyn nhw'n gwybod na fyddai hi. Bron yn ddi-ffael fe fyddai Llew yn gwneud rhyw fân swydd. Heno mi dynnodd sgriwdreifar bach o boced ei gôt a mynd at y cwpwrdd wrth ochr y lle tân.

'Sylwi bod y bwlyn 'ma'n rhydd,' meddai gan dynhau'r sgriws. Doedd gan Helen ddim calon i ddweud wrtho mai un o hoff gemau John oedd ysgwyd y bwlyn rhydd ac esgus ei fod yn gyrru trên.

'Diolch.'

A dim ond wedyn ar ôl iddo fynd y gwnaeth hi ystyried pam na wnaeth hi esbonio ei bod hi'n licio'r bwlyn ychydig yn rhydd. Pasiodd nad oedd y pam yn bwysig, ond pan roddodd John y gorau i chwarae trên efo'r bwlyn oherwydd nad oedd o bellach yn gwneud twrw o'i ysgwyd, teimlodd ryw dristwch. Cafodd ei themptio i lacio'r sgriws a dangos i'r bychan bod y twrw trên wedi dychwelyd. Ond wnaeth hi ddim. Roedd rhaid derbyn bod amser yn mynd yn ei flaen ac nad oedd hogia bach yn chwarae trên efo drws cwpwrdd am byth.

Ac wrth gwrs, roedd mynd i'r ysgol yn newid John. Gallai Helen weld y craciau'n ymddangos yn y gragen ddiogel yr oedd hi wedi'i chreu ar gyfer y ddau ohonyn nhw. Craciau cymhariaeth.

'Gin Ifan nain.'

'Mae Ifan yn lwcus.'

'Ond mae …'

'Dw i wedi prynu sosijis i de.'

A phan 'dach chi'n bump mae sosijis ar ôl cyrraedd adref filwaith pwysicach na nain ddychmygol. Helen oedd yr un a fu'n meddwl am yn hir y noson honno am nain nad oedd yn llwyr ddychmygol ac eto nad oedd yn bodoli chwaith. Y peth agosa i nain oedd gan John oedd Doris. Hi gyrhaeddodd ryw ddydd Sul.

'Lle wyt ti, Sionyn, y pagan bach?'

Ymddangosodd John ar dop y grisiau yn wên i gyd. Weithiau roedd gan Doris daffi. Nid pecyn cyfan fel yr honnai Ifan y câi yn rheolaidd gan ei nain a'i daid, ond lwmp neu ddau yn sownd mewn gweddillion bag papur ac ambell flewyn yno hefyd. Ond roedd hynny'n well na dim.

'Meddwl 'sa fo'n licio dod i'r ysgol Sul efo fi.'

Cofiodd Helen am ei phenderfyniad pan gyrhaeddodd Penrhyn i fynd i Gapel Nazareth, i ymdoddi i'r gymdeithas. Doedd hynny heb ddigwydd – rhywun ar y cyrion oedd hi, 'yr hogan od 'na', ac nid dyna roedd hi wedi'i fwriadu. Mi ddylai wneud mwy o ymdrech, trio bod yn berson normal, neu o leiaf ymddangos yn normal a chyffredin. Ond aeth hi ddim i fyny'r allt efo Doris a John, er iddi gael cynnig, dim ond mwynhau awr o dawelwch ar bnawn Sul. Tro nesaf efallai, meddyliodd.

Wnaeth hi ddim mynd efo nhw'r Sul canlynol chwaith. Roedd hi'n beth da i John fagu perthynas efo pobl eraill, yn doedd? Roedd o angen Doris a Marian yn ei fywyd. Roedd hi hyd yn oed yn lles iddo gael cicio pêl weithiau efo Yncl Llew a oedd bellach yn galw gefn dydd golau pan fyddai John adref.

Galw yn nhŷ Helen, neu o leiaf cerdded i gyfeiriad tŷ Helen, wnaeth Llew y pnawn y bu Ann farw. Fe wyddai Helen cyn iddo ddweud dim byd, cyn iddi weld ei wyneb hyd yn oed. Roedd hi allan yn yr ardd gefn yn torri priciau ac fe'i gwelodd yn cerdded i lawr y ffordd i'w chyfeiriad, ac roedd ei holl osgo'n wahanol. Arhosodd Llew wrth y giât fechan a arweiniai o'r ardd gefn i'r ffordd. Cerddodd Helen ato.

'Pryd?'

'Rhyw ddwyawr yn ôl.'

'Mae'n ddrwg gen i, Llew.'

Ac fe safodd y ddau yno o boptu'r giât heb ddweud gair, a Helen yn ymwybodol o'r fwyell yn ei llaw ond ddim isio symud i'w chadw.

'Well mi fynd,' meddai Llew. 'Mae ei chwaer hi acw, mi fydd hi'n meddwl lle ydw i.'

Cerddodd i ffwrdd a dychwelodd Helen at y coed sych, rhyw hen blanciau pydredig roedd hi wedi'u cael gan rywun, a hollti a hollti a hollti nes bod y cyfan yn briciau a bod ganddi swigen ar ei llaw o goes y fwyell. Pan aeth yn ôl i'r tŷ tynnodd nodwydd o'i bocs gwnïo a'i gwthio i mewn i'r croen a gwylio'r hylif yn llifo allan o'r twll a wnaethpwyd gan y dur.

Penderfynodd y byddai'n cerdded i lawr at yr ysgol i gyfarfod John. Waeth iddi hi gymryd mantais o'r ffaith nad oedd hi'n gweithio heddiw, ac er ei fod o fel y plant eraill yn cerdded adref ei hun fel arfer, roedd hi awydd ei weld. Safodd yno'n mân siarad efo un neu ddwy o famau eraill oedd wedi dod at yr ysgol, ond wnaeth hi ddim dweud dim byd am farwolaeth Ann hyd nes bod un o'r lleill wedi sôn. Ac fe ddiolchodd fod y gloch wedi canu bron yn syth ar ôl i fam Ifan ddweud y newyddion wrth bawb. Er nad oedd o'n disgwyl ei gweld hi yno, yn sefyll gyda dwy fam arall ac un nain orwarchodol, roedd John yn ymddangos yn falch o'i gweld a cherddodd ati a gafael yn ei llaw. Gwingodd Helen wrth iddo wasgu'r swigen ac fe sylwodd yntau, gollwng ei llaw a gweld y briw.

'Be ti wedi'i neud?'

A chyn i Helen gael amser i ateb, torrodd y nain a oedd yn sefyll wrth ei hymyl ar draws.

'Deud ti "chi" wrth dy fam, John. Anrhydedda dy dad a'th fam. Er, fysat ti …'

Ac fe dawodd wrth sylweddoli ei bod yn mynd i dir corsiog.

Ddywedodd Helen ddim gair, dim ond dal llygad John, estyn ei llaw chwith iddo a cherdded i ffwrdd. Cerddodd y ddau law yn llaw mewn distawrwydd am ychydig.

'Pam dw i'n deud "ti" wrthat ti, Mam?'

Cododd Helen ei sgwyddau.

'Mae hi'n iawn, tydi? Y ddynas 'na. "Chi" mae pawb arall yn ddeud, yn de? Fysach chi'n licio i mi ddeud "chi"?'

'Mae croeso i chi neud, Mr Jones.'

A dyma'r ddau'n dechrau chwerthin yn wirion, a chynnal sgwrs gan alw'r naill a'r llall yn 'chi' yr holl ffordd at y tŷ.

Yn hwyrach y noson honno, pan oeddan nhw'n gorffen bwyta'u swper, mi drodd John at ei fam.

'Dw i yn dy barchu di, 'sti.'

'Wyt, dw i'n gwbod. Golchi 'ta sychu?'

Ac wrth edrych ar y bachgen golygus wrth ei hochr, nad oedd bellach ond ychydig fodfeddi'n fyrrach na hi, yn sychu'r llestri'n ofalus a'u gosod i gadw, roedd Helen yn falch ei bod wedi gosod y patrwm ti a tithau, er mor od roedd o'n ymddangos i lawer o bobl.

Rhyw flwyddyn wedyn y dechreuodd yr holi go iawn – yr

holi am ei dad. Roedd Helen wedi bod yn disgwyl hyn, wrth gwrs. Synnodd ei bod wedi gallu dal ati cyn hired heb orfod dweud celwydd na dweud y gwir wrtho fo. Fe fyddai hi neu rywun arall wedi cyfeirio bob yn hyn a hyn at y ffaith fod tad John wedi marw. Ac mi oedd Helen yn eithaf sicr bod hynny'n wir.

'Be oedd enw Dad?'

Ac fe ddiolchodd am gwestiwn roedd posib ei ateb heb betruso.

'Patrick.'

'Be oedd ei waith o?'

'Mi oedd o yn y fyddin. Soldiwr oedd o.'

'O! Ga i ddeud wrthyn nhw bod o wedi cael ei ladd yn cwffio? Mi neith y diawled gau'u cega wedyn.'

'Paid â galw pobl yn hynna. Tydi o ddim yn iawn.'

'Maen nhw'n 'ngalw i'n betha gwaeth.'

'Be?'

Cododd John ei sgwyddau, yn amlwg ddim isio ateb.

'Be maen nhw'n dy alw di, Sionyn?'

'Bastad.'

Cofiodd Helen am y rhai oedd wedi dweud wrthi, os oedd hi'n mynnu cael plentyn nad dyma'r adeg iawn i gael plentyn. Y rhai oedd wedi dweud bod posib cael gwared ohono ac nad oedd hynny'n golygu peidio cael plentyn byth ac efallai y byddai gwell amser yn y dyfodol. Y rhai a ddywedodd nad oedd yna frys. Holodd John a oedd o'n gwybod ystyr y gair. Doedd o ddim. Medda fo. Ac fe ddaeth y sgwrs i ben am y tro.

Ond er gwaethaf hyn doedd Helen ddim yn poeni llawer amdano. Roedd o'n ymddangos yn blentyn poblogaidd, yn gwneud ei waith yn yr ysgol yn eithaf rhwydd ond ddim yn rhy rwydd, yn chwaraewr pêl-droed eithaf, ac yn gallu sgwrsio'n hyderus efo oedolion. Creadur llawer mwy cymdeithasol na'i fam, meddyliodd. Ceisiodd gofio sut un oedd hi'n blentyn ond allai hi ddim. Roedd o 'mhell yn ôl. Efallai wir ei bod hithau wedi bod yn greaduras gymdeithasol yr adeg honno. Ond ddim rŵan. Fyddai hi ddim yn synnu petai 'na fwy o bobl yn Penrhyn yn adnabod John nag oedd yn ei hadnabod hi. Mi oedd Doris wedi gofyn gwpl o weithiau a oedd hi awydd dod efo hi i Nazareth, ond gwneud rhyw esgus wnaeth Helen bob tro. Ac fe roddodd Doris y gorau i ofyn a dim ond galw am John ar ei ffordd i'r ysgol Sul. Weithiau, pan fyddai'r tywydd yn braf, byddai Helen yn mynd am dro yn ystod yr awr yna. Byddai awr yn ddigon o amser iddi gerdded i Rhiw Goch ac yn ôl – dringo i fyny o'r pentref trwy'r Topia ac oedi cyn disgyn tuag at fferm Rhiw Goch er mwyn edrych i lawr ar aber yr afon. Sefyll yn fanno'n edrych ar Bont Briwet ac Ynys Gifftan, ac ar gastell Harlech yn y pellter yn lwmp sgwâr ar ben y graig, oedd hi pan ymddangosodd Llew.

'Tasan ni'n rhedeg ac yn cymryd naid falla 'san ni'n gallu hedfan,' meddai.

'I lle 'sat ti'n mynd?' holodd Helen.

'Rhwla. Cyn belled bo' chdi'n dod efo fi.'

Roedd Helen wedi synnu, ac eto heb fod wedi synnu. Roedd Llew druan wedi rhyfeddu ei fod wedi dweud y ffasiwn beth. Ymddiheurodd. Gwenodd Helen arno.

'Ti yn sylweddoli y byddi di'n gwneud petha'n waeth os wnei di ddeud nad oeddat ti'n ei feddwl o'n dwyt?'

Ac fe chwarddodd y ddau a cherdded yn ôl i'r pentref efo'i gilydd. Ond mi oedd Llew wedi mynd adref cyn i John a Doris ymddangos, ac roedd Helen yn flawd i gyd yn pobi sgons a gwres y gegin yn cyfiawnhau ei bochau cochion. A beth bynnag, unig sgwrs pawb oedd datganiad Neville Chamberlain ar y radio y bore hwnnw.

'Dw i'n gweddïo y down nhw at eu coed yn fuan iawn,' meddai Doris fel petai'r holl wleidyddion yn ddim byd ond hogia anystywallt a gwirion.

Gwenodd Helen arni. Wneith hynna ddim gwahaniaeth, meddyliodd. Tydi o 'rioed wedi gwneud unrhyw wahaniaeth.

PENNOD 3

Rhyw gyfarfod yn y dirgel wnaethon nhw am sbel go lew. Ond does dim posib i ddim byd fod yn gyfrinach am yn hir mewn pentref. Efallai mai'r waliau sy'n clywed, neu'r palmentydd, neu efallai mai'r ffenestri sy'n dweud wrth bawb. Ond yn y diwedd mae pob un sydd isio clywed wedi clywed. Ac fe wyddai Helen a Llew y byddai pawb o fewn byr o dro yn gwybod bod Llew Cyfloga yn canlyn Helen mam John. Ac fe wyddai'r ddau y byddai gan bawb eu barn – rhai'n teimlo y dylai Llew aros yn hirach ar ôl marwolaeth ei wraig, eraill yn teimlo ei fod yn haeddu ychydig o hapusrwydd ar ôl gofalu amdani cyn hired. Byddai rhai'n hapus bod gan yr hogan dlws 'na, y wraig weddw ifanc, ddyn yn ei bywyd eto; eraill yn cenfigennu bod Helen, dynas ddŵad, wedi bachu'r dyn annwyl, dibynadwy a fyddai'n gwneud cystal tad i John. Mi glywodd hi nhw yn y gwaith un diwrnod a hwythau'n credu ei bod hi ddigon pell. 'Tydi hi'n edrych tua ugain, dim syndod bod ganddo fo fwy o ddiddordeb ynddi hi na chdi.'

Ystyriodd Helen a oedd hi'n edrych yn ugain oed. Doedd hi ddim isio edrych yn ugain oed. Doedd hi ddim yn teimlo fel rhywun ugain oed. Doedd o ddim yn beth da i John fod â mam oedd yn edrych fel hogan ifanc. Fe newidiodd ychydig ar ei gwallt a'i dillad, ond nid y gwallt a'r dillad oedd yn gwneud iddi hi ymddangos yn ifanc, ond ei chroen a'i cherddediad. Rhyfeddai Llew at ei chroen.

'Wyt ti'n meddwl 'mod i'n edrych rhy ifanc, Llew?'

Chwarddodd yntau. Pa ddynes arall fyddai'n poeni ei bod hi'n edrych yn rhy ifanc?

'Paid â phoeni, wir. Fe ddaw y rhychau a'r gwallt gwyn, ysti, fel maen nhw'n dod i bawb.'

Ac fe gaeodd Helen ei llygaid a gorffwys ei phen yn erbyn ei ysgwydd. Plethodd ei bysedd yn y blewiach ar ei frest a sylwi bod yna un blewyn gwyn yn fanno. Cododd i wneud paned a dod â hi'n ôl i'r gwely i'w hyfed. Anaml iawn roedd cyfle i wneud hyn ond roedd John wedi mynd gyda ffrind iddo a'i deulu i Sir Fôn i weld rhyw berthnasau iddynt. Weithiau byddai gwrychyn Helen yn codi pan oedd hi'n amlwg fod teulu arall yn cymryd bechod dros y bachgen bach a oedd heb dad, a'i fam weddw'n methu fforddio llawer o bethau. Ond doedd yna ddim pwrpas bod yn hurt o falch, ac mi oedd hi wedi diolch o galon iddyn nhw, ac yn y bôn diolch yn hollol ddiffuant, a gofyn i Llew ei rhoi ar shifft a fyddai'n gorffen yr un adeg â fo yr wythnos honno.

'Wel,' meddai Helen gan osod ei chwpan wag ar y bwrdd bach wrth ochr y gwely, 'well i ni godi. Mi fydd y dyn bach adra mewn chydig.'

Cododd Llew a gwisgo gan ddal i edrych ar Helen a oedd yn gogr-droi yn y gwely er mai hi ddywedodd fod angen codi. Allai o ddim credu ei fod o mor lwcus. Gwyddai y dylai fod yn amheus ac yn feirniadol o wraig a oedd wedi bod mor awyddus i gysgu efo fo, a oedd yn wir wedi'i ddenu fo i'w gwely. Ac eto, doedd y peth ddim yn teimlo'n wirion nac yn bechadurus. A rhywbeth ynglŷn â Helen a oedd yn ei rwystro rhag teimlo felly. Caeodd fotymau ei grys a phlygu i gau ei griau, ac fel oedd yn digwydd bob tro, wrth iddo wisgo'i ddillad deuai ei gywilydd yn ôl.

'Ti'n mynd i fy mhriodi i'n dwyt?'

'Falla. Ond mae isio i ti aros chydig. Mae angen i ti ystyried be fydd pobl yn ei feddwl, mor fuan ar ôl i Ann …'

'Ond mae pawb yn gwbod bod ni'n canlyn.'

'Mae hynny'n wahanol i briodi, Llew. A beth bynnag, pwy sydd isio priodi mewn tywydd fel hyn?'

Ac fel pe bai'r tywydd yn ochri â hi, trodd y gwynt a hyrddio ychydig o law yn erbyn y ffenest.

'Yn y gwanwyn?' holodd Llew.

'Falla,' atebodd gan estyn am ei phais oddi ar y gadair wrth ochr ei gwely.

Daeth John adref o Sir Fôn yn llawn o hanes y bont dros y môr ac o'r posibilrwydd o fynd yn ôl yno yn yr haf a mynd allan ar gwch pysgota gydag ewyrth ei ffrind. Ac fe ddaeth y gwanwyn ac yna roedd hi'n ddechrau'r haf, ac fe aeth John yn ôl i Sir Fôn at deulu ei ffrind a dychwelyd gyda hanner dwsin o fecryll braf. Ond wnaeth Helen a Llew ddim priodi. Roedd yr esgusodion a roddai hi mor dila fel nad oedd yr un o'r ddau'n cofio'n union be oeddan nhw. Ac eto, fe gafodd Llew wahoddiad i fwyta'r mecryll ac fe fyddai pawb a fyddai wedi'u gwylio'n swpera'r noson honno wedi gweld teulu, neu ddarpar deulu, hollol gytûn.

'Pam wyt ti a Llew ddim yn priodi?'

Roedd y teitl Yncl Llew wedi hen ddiflannu erbyn hyn ond am eiliad roedd Helen yn difaru nad 'chi' ac 'Yncl Llew' fyddai'r bachgen yn ei ddweud. Ac eto, fe wyddai nad oedd hi isio'r pellter hwnnw rhyngddi hi a fo, ac nad oedd diben trio creu pellter rhwng John a Llew. Edrychodd arno yn eistedd ar wal yr ardd gefn yn taro cefn ei esgidiau yn erbyn y cerrig. Roedd yn hawdd anghofio o'i weld yn gwneud rhywbeth felly, ac yn eistedd i lawr, ei fod erbyn hyn cyn daled â hi.

'Paid â difetha dy sgidia.'

Ac yna teimlo'n euog am droi'r stori.

'Fysat ti'n licio tasan ni'n priodi?'

Cododd John ei sgwyddau. Weithiau, ac yntau bellach yn yr ysgol uwchradd, roedd o'n teimlo ei fod bron â bod yn ddyn, ac ar adegau eraill roedd bywyd oedolion yn ddirgelwch iddo, yn rhywbeth nad oedd o isio ei ddeall, nad oedd o isio bod yn rhan ohono. Roedd yna stori Saesneg, yn doedd, am y bachgen nad oedd yn tyfu i fyny ac a oedd yn ymladd y môr-leidr. Weithiau roedd John isio bod felly. Ar adegau eraill roedd o isio bod yn ddyn, yn ennill cyflog, yn gwneud penderfyniadau. Ond heddiw y cwbl wnaeth o oedd codi ei sgwyddau, neidio oddi ar y wal a mynd i'r tŷ.

Gorffennodd Helen dannu'r dillad a thrio meddwl be fyddai ei hateb y tro nesaf y byddai John yn gofyn y cwestiwn. Ond efallai na fyddai'n gofyn. Nid oherwydd ei fod wedi'i fodloni, ond oherwydd bod yna rywbeth yn natur John a oedd yn gadael i bethau fod. Mynd o'r tu arall heibio, peidio troi'r drol. Wyddai Helen ddim ai gwendid neu gryfder oedd hynny.

Roedd yna adegau, wrth gwrs, pan gredai Helen y byddai priodi Llew yn syniad da. Adegau lle y gallai weld ei hun yn byw efo fo hyd nes y byddai'n hen ddyn, yn gofalu amdano wrth iddo fynd yn fwy a mwy musgrell. Roedd rhan ohoni yn ei garu, yn ymddiried ynddo, am rannu popeth efo fo. Efallai y byddai ei briodi yn gwneud popeth yn iawn, beth bynnag fyddai'r aberth.

Rhyw wendid felly a wnaeth iddi dderbyn y fodrwy ddyweddïo. Gwendid a oedd yn ei rhwystro rhag gwrthod y pwtyn annwyl a oedd wedi cynilo arian a'i phrynu ac a oedd yn sefyll yno o'i blaen yn ddisgwylgar.

'Plis, Helen.'

Ac efallai fod awyrgylch amser rhyfel, lle mae pawb yn fwy byrbwyll ac yn fwy ceidwadol, yn fwy ofnus ac yn fwy eofn, yn effeithio arni hithau. Roedd hi'n credu nad oedd hi'n cael ei llusgo i mewn i'r gorffwylltra, ei bod hi'n gallu ei weld o bell fel petai, ond doedd dim posib cadw'n hollol glir o'r teimlad yn y wlad.

Felly fe estynnodd ei llaw a'i bys. A wnaeth hi ddim teimlo'r ofn a'r arswyd y dychmygodd y byddai'n eu teimlo. Roedd fel petai yna ryw Helen arall wedi dod i'r wyneb, gwraig gyffredin a oedd yn llawn gobaith y byddai yna fywyd dedwydd o'i blaen. Derbyniodd longyfarchiadau y genod yn y gwaith powdr. Bellach roedd hi nid yn unig yn fam John ond hefyd yn ddyweddi Llew. Y ddau yma oedd yn ei gwneud yn rhan o Penrhyn.

Ymateb John, ychydig wythnosau wedyn, a'i sobrodd.

'Ac ar ôl i chi briodi, mi ga i frawd neu chwaer fach, yn caf?'

'Falla.'

'Chwaer dw i isio.'

'Mae'n bosib y cei di chwaer rhyw ddiwrnod,' atebodd hithau.

Roedd Llew wedi bod yn ddigon call i beidio â sôn am ddyddiad ar gyfer priodas pan ofynnodd iddi dderbyn y fodrwy ddyweddïo. Fe wyddai fod yna rywbeth ynglŷn â'r syniad o briodi a oedd yn dychryn Helen. Yn y dechrau roedd wedi ceisio darganfod be er mwyn gallu tawelu ei hofnau, ei sicrhau na fyddai beth bynnag oedd yn ei phoeni yn digwydd neu o leiaf bod eu cariad yn ddigon i oresgyn beth bynnag oedd o. Credai efallai ei bod hi'n ofni y byddai yntau'n marw fel ei gŵr cyntaf, ond gwadai Helen fod hynny'n ei phoeni. Ac mi oedd hi'n ei sicrhau bod ei pherthynas efo tad John wedi bod yn un dda.

'Ond dw i ddim isio sôn amdano, iawn? Does wnelo fo ddim byd â chdi a fi.'

Fe holodd Llew hi unwaith am briodas ei rhieni gan feddwl efallai fod a wnelo hynny rywbeth â'r peth. Ond roedd y ddau wedi marw pan oedd Helen yn ifanc a doedd hi ddim yn cofio llawer amdanynt, yn sicr dim byd am eu perthynas â'i gilydd. Gresynodd fod ei rieni yntau wedi marw ychydig flynyddoedd yn ôl ac na fyddai Helen yn gallu eu cyfarfod.

'Roeddan nhw'n hapus. O ran hynny mi oeddwn i ac Ann yn hapus. Mae priodas yn …'

Rhoddodd Helen daw ar ei bregeth trwy ei gusanu. A throi'r stori wrth i'w gwefusau wahanu. Ond dychwelyd at y pwnc fyddai Llew. Roedd o, meddai o, yn poeni y byddai'n rhaid iddo ymuno â'r fyddin. Hyd yn hyn roedd rhyw wendid ar ei galon a'r ffaith ei fod yn gweithio yn y gwaith powdr wedi caniatáu iddo aros adref.

'Ond mi awn nhw'n llai cysetlyd, 'sti. Gei di weld. Mi fydd rhaid i mi fynd wedyn.'

Wyddai Helen ddim pa mor wir oedd y bygythiad yma ond bu rhaid iddi gyd-weld ar ddyddiad ar gyfer y briodas. Ac er bod y dyddiad hwnnw mor bell yn y dyfodol ag oedd bosib, roedd yn dod yn nes, fesul mis, fesul wythnos, fesul diwrnod. Wrth i'r dyddiau ddechrau ymestyn roedd o'n dod yn nes. Allai hi ddim osgoi'r peth y gwanwyn hwn.

'Ti'n edrych ymlaen, Helen?' holodd un o'r genod yn y gwaith.

'Yndw,' atebodd, gan mai dyna oedd yr ateb disgwyliedig.

'Braf arnat ti'n cael peidio dod i'r twll lle yma,' meddai un arall. Ac er bod yna sawl gwraig briod yn gweithio bellach yno roedd hi'n amlwg fod pawb yn cymryd yn ganiataol y byddai Helen, gwraig Llew Cyfloga, yn aros adref. Fyddai dim rhaid iddi hi weithio yno, na fyddai?

'Mi golla i chi i gyd,' atebodd Helen. A nhwtha'n cyd-weld wedyn ei bod hi'n hen hogan iawn, er ei bod hi braidd yn bell weithiau.

Wrth i'r dyddiad ddod yn nes teimlai Helen yn fwyfwy anghyfforddus. Ceisiai ddychmygu be fyddai'n digwydd petai hi'n priodi Llew. Fe fyddai'r misoedd cyntaf yn bleser pur, fe wyddai hynny. Ar adegau roedd yn dal ei hun yn edrych ymlaen at ddeffro wrth ochr Llew bob bore. Roedd yn debygol y byddai'r blynyddoedd cyntaf yn hapus iawn. Ond yna byddai pethau'n newid, roedd hi'n sicr o hynny. Fe fyddai'n rhaid iddi hi esbonio rhywbeth wrth Llew, os na fyddai wedi sylwi, wrth gwrs. Ac fe fyddai hynny'n newid popeth, yn suro popeth.

Gwrthododd feddwl am hyn i gyd gan fynd yn ei blaen gyda'r trefniadau. Nid fod yna lawer o drefniadau, priodas syml fyddai hi – gŵr gweddw heb lawer o deulu yn priodi gwraig weddw heb deulu o gwbl, a hynny adeg rhyfel.

'Oes gen ti gyfneither yr hoffet ti …'

'Nag oes.'

Ac roedd yna rywbeth am y 'nag oes' swta, terfynol hwnnw a rwystrodd Llew rhag holi am unrhyw berthnasau eraill. Ond roedd yna rai pethau roedd angen eu gwneud er nad oedd yna gneitherod i'w gwadd. Trefnu capel a gweinidog oedd un, wrth gwrs. Llew wnaeth hynny gan sicrhau gweinidog Gorphwysfa, lle roedd o'n aelod, y byddai ei wraig hithau'n dod yno wedyn. Rhoi ei notis i Doris oedd peth arall. Roeddan nhw am fynd i fyw i dŷ Llew. Er iddi ddweud yr holl eiriau iawn pan aeth i ddweud wrth Doris y byddai'n gadael y tŷ bach yn Penllyn, fe sylwodd Doris graff ar ryw amheuaeth, rhyw gysgod o betruso rywle yn y bylchau rhwng y geiriau.

'Ac mi wyt ti'n neud y peth iawn i John, wrth gwrs. Fe fydd yn dda iddo fo gael tad. Er dy fod ti wedi gwneud gwaith da iawn o'i fagu, cofia. Ac mi wnei di'r peth iawn iddo fo bob tro, dw i'n gwbod hynny.'

Ac mi wnei di'r peth iawn, ac mi wnei di'r peth iawn, y peth iawn. Mi wna i'r peth iawn. Y peth iawn. Ceisiodd berswadio'i hun ei bod hi'n anodd gwybod be oedd y peth iawn. Ac oherwydd ei bod hi'n anodd gwybod be oedd y peth iawn, bod waeth iddi hi ddal ati gyda'r hyn a drefnwyd a gwneud yr hyn yr oedd pawb yn disgwyl iddi hi ei wneud.

Roedd Llew yn ei thŷ pan gyrhaeddodd adref. Dyn bach a oedd yn llenwi'r tŷ. Dywedodd wrtho ei bod wedi bod yn rhoi ei rhybudd i Doris a gwelodd ei wyneb yn goleuo ac yn meddalu. Roedd popeth roedd hi'n ei wneud i'w sicrhau y byddai'n ei briodi yn fuan yn gysur iddo. Er y dyweddïo, er pennu'r dyddiad, roedd o'n ei hadnabod, yn ei hadnabod yn dda, yn rhy dda. Ac eto, fe wyddai Helen hefyd y byddai peidio mynd ymlaen â'r briodas rŵan yn torri ei galon. Trodd ei chefn ato i lenwi'r tegell a chuddio'i dagrau.

Pennod 4

Wnaeth hi ddim mynd â llawer efo hi. Ychydig mwy na phan gyrhaeddodd Penrhyn, ond ddim llawer mwy. Aeth John ar y trên yn syth o'r ysgol yn y Bermo yn meddwl eu bod yn mynd i Dywyn i brynu siwt iddo fo ar gyfer y briodas. Doedd o ddim cweit yn dallt pam na fyddai dillad o un o siopau Penrhyn wedi gwneud y tro, ond roedd ei fam wedi rhyw awgrymu bod ganddi drefniant i gael siwt ar y farchnad ddu, ac roedd rhamant ac antur hynny'n apelio ato. Roedd y ddau gês a baciodd Helen y bore hwnnw o'r golwg ar y rac uwch eu pennau. Dim ond pan arhosodd y trên yng ngorsaf Tywyn y gwnaeth hi ddweud unrhyw beth wrtho fo.

'Stedda i lawr. Ddim i Dywyn 'dan ni'n mynd.'

Eisteddodd John yn ôl yn ei sedd gyferbyn â hi ac edrych i fyw ei llygaid. A bron cyn i'r trên adael yr orsaf roedd o wedi dallt, neu wedi amau. Dyna oedd ffrwyth, neu gosb, pymtheg mlynedd o fyw gyda'i gilydd, dim ond nhw eu dau a neb arall.

'Be ti wedi'i neud, Mam?'

'Hyn ydi'r peth gorau. Y peth gorau i ni'n dau.'

Diolchodd Helen fod yna bobl eraill yn y cerbyd. Gwyddai mai hynny oedd yn cadw John rhag gweiddi arni.

'Un rheswm,' meddai, yn dawel gandryll mewn ffordd na ddylai unrhyw fachgen pymtheg oed fod. 'Rho un rheswm i mi.'

Atebodd Helen mohono.

'Mam?'

Plethodd Helen ei bysedd a'u gwasgu yn erbyn ei gilydd mor galed ag y gallai, yn ddigon caled i frifo. Gadawodd y rhai oedd yn rhannu'r cerbyd â hwy y trên yn Fairbourne.

'Wyt ti ddim yn caru Llew?'

'Yndw, ond …'

'A Cena? Mae'n rhaid i ni fynd yn ôl at Cena.'

Hogyn bach isio'i gath oedd o, a dyna wnaeth i Helen ddod yn agos at ddagrau.

'Dw i wedi gwneud trefniadau ar gyfer Cena. Mi fydd o'n iawn.'

'Pam?'

'Fedra i ddim esbonio wrthat ti rŵan. Heno, dw i'n gaddo, heno.'

'Ond ...'

'Doedd dim posib i mi aros yn Pendryn. Rhaid i ti fod â ffydd yna i.'

Daeth mwy o bobl i mewn i'r cerbyd a ddywedodd yr un o'r ddau air wrth ei gilydd am yn hir wedyn, ddim hyd nes i'r trên gyrraedd Amwythig. Wrth iddynt agosáu at yr orsaf cododd Helen ar ei thraed a thynnu'r ddau gês i lawr o'r rhesel uwchben y seddi.

'Wnei di gario hwn?' gofynnodd gan bwyntio at y lleiaf ohonynt. Atebodd John mohoni, dim ond gafael yn y ddau gês, un ym mhob llaw, a chamu oddi ar y trên i'r platfform prysur.

'Mi fyswn i'n licio petai fy mrawd bach i mor hapus i helpu,' meddai merch a edrychai tua'r un oed â Helen. 'Gadael i mi stryffaglu fysa hwnnw, er nad ydw i ond chydig flynyddoedd yn hŷn na fo.'

Chwarddodd Helen fel petai hi'n llwyr gydymdeimlo a rhyw fwmial rhywbeth fod John yn un reit dda ar y cyfan. Ond wnaeth hi ddim ei chywiro. Wnaeth hi ddim esbonio mai mam John oedd hi.

'A be rŵan?'

'Trên i Gaerdydd mewn ugain munud,' atebodd Helen. 'Panad?'

Doedd hi ddim isio paned mewn gwirionedd. Roedd hi'n teimlo'n reit sâl. Syllodd ar drên yn tynnu i mewn yn y platfform gyferbyn, trên tua'r gogledd, a bu ond y dim iddi hi redeg a neidio i mewn iddo gan lusgo John gyda hi. Efallai y dylai hi fod wedi mentro, efallai y byddai Llew wedi gallu dygymod. Efallai fod cariad yn drech na phopeth. Ond gadael i'r trên fynd wnaeth hi.

Syllodd John ar y te yn y gwpan o'i flaen. Allai o ddim penderfynu a oedd o'n rhy wan neu'n rhy gryf, ond mi oedd yna rywbeth yn bod arno fo.

'Wnaeth Llew rywbeth i dy frifo di, Mam?'

'Naddo. Dw i ddim yn credu fod Llew wedi brifo neb erioed.'

Ceisiodd Helen esbonio mai hi oedd yn brifo Llew, ac mai hi oedd yn trio peidio brifo Llew. Ond fe wyddai nad oedd ei hesboniad yn gwneud unrhyw synnwyr.

Dim ond yn hwyr y noson honno a'r ddau ohonynt mewn ystafell fechan mewn gwesty bychan yng Nghaerdydd y gwnaeth hi gadw at ei haddewid a cheisio esbonio wrth John pam eu bod nhw wedi ffoi. Doedd o ddim yn ei chredu hi, wrth gwrs. Gallai ei weld yn dychryn wrth iddo benderfynu bod ei fam yn drysu, yn colli arni. Difarodd na fyddai wedi sôn am y peth o'r dechrau, fel ei bod yn ffaith gyfarwydd yno yn y cefndir – rhywbeth y byddai'n ymwybodol ohono ond rhywbeth na fyddai'r ddau ohonynt byth yn sôn amdano. A dweud y gwir, fyddai hi heb fod yn drychineb petai o wedi sôn. Fyddai neb wedi'i gredu. Ddim fel ychydig ganrifoedd yn ôl. Yr adeg honno roedd yna bobl yn credu.

Ceisiodd esbonio eto.

'Edrych arna i, Sionyn. Ydw i'n edrych yn wahanol i'r hyn oeddwn i pan oeddat ti'n hogyn bach?'

Cododd ei sgwyddau. Wyddai o ddim. Wrth gwrs na wyddai. Does yna'r un plentyn yn edrych ar ei riant ac yn sylwi ar y manylion corfforol. Ddigwydd hynny ddim hyd nes bod y rhiant yn hen ac yn fusgrell, a hyd yn oed wedyn greddf y plentyn yw gwadu bod unrhyw newid yn digwydd. Doedd dim disgwyl i John, yn bymtheg oed, sylwi nad oedd ei fam wedi heneiddio er pan anwyd o.

CAERDYDD

Pennod 5

Fe aeth John cyn belled â sgwennu llythyr; fe'i rhoddodd mewn amlen, prynodd stamp. Ond doedd o ddim yn gallu gorfodi'i hun i'w bostio. Safodd am yn hir o flaen y blwch postio ac yna cerdded oddi yno a sefyll ar y bont a'i rwygo'n ddarnau mân. Nofiodd yr 'Ll' a'r 'e' a'r 'w', a'r 'P' a'r 'd' a'r 'n', a phob llythyren arall i ffwrdd ar wyneb dŵr budr afon Taf. Ac fe aeth holl eiriau John efo nhw. Wnaeth o ddim dweud gair, yn llythrennol wnaeth o ddim yngan gair, am ddyddiau.

'Gwrthod 'ta methu?'

Ond wnaeth o ddim ateb Helen. Trodd hithau oddi wrtho a mynd i grwydro strydoedd y ddinas yn ddiamcan am oriau. Ystyriodd a fyddai'n well iddi anfon John yn ôl i Benrhyndeudraeth ei hun. Gallai ddweud rhyw gelwydd am ei fam. Mi fyddai'n madael 'rysgol yn fuan, byddai Llew yn cael gwaith iddo yn y gwaith powdr; roedd hi'n argoeli y byddai'r rhyfel drosodd cyn bo hir, felly doedd dim rhaid poeni amdano'n gorfod mynd i ymladd – byddai Doris a Marian yn cadw golwg arno, a byddai ei ffrindiau i gyd yn gefn iddo. Gallai hithau ailgysylltu â phobl, cyfaddef mai nhw oedd yn iawn. A dal ati. A dal ati, a dal ati.

Ac yna dychmygodd fod hebddo. Ac mi oedd hynny'n erchyll. Aeth rownd y gornel ger y Duke of Wellington a cherdded yn syth i mewn i ddyn a oedd yn cerdded i'w chyfarfod.

'Oi!' meddai hwnnw'n ddigon cas. Ac yna sylwodd ar y dagrau yn ei llygaid. 'Are you ok?'

Nodiodd Helen a'r dagrau'n llifo mwy oherwydd bod y dyn wedi bod yn glên. Gofynnodd yntau a oedd hi isio eistedd i

lawr, cynigiodd brynu diod iddi. Ond fe ysgydwodd hithau ei phen.

'I've got to get back to my son.'

Gwenodd y dyn arni a dweud rhywbeth i'r perwyl fod plant bychain a babis yn gysur pan mae'r byd yn anodd. Roedd fel petai'n cymryd yn ganiataol mai plentyn bach iawn oedd gan Helen.

Pan ddychwelodd i'r ystafell roedd ôl crio'n dal ar ei hwyneb. Rhythodd John arni a difaru na fyddai wedi anfon y llythyr at Llew. Ond be allai Llew druan ei wneud? Fyddai o, er mor glên oedd o, ddim isio priodi dynes a oedd yn colli'i phwyll. Y fo, felly, oedd yn gyfrifol am ei fam bellach. Neb arall. Cododd oddi ar y gwely lle roedd o wedi bod yn gorwedd yn darllen ers oriau a symud at yr un cylch nwy a oedd yng nghornel yr ystafell.

'Stedda. Mi wna i baned i ti.'

Ac fe wnaeth John baned i Helen ac iddo'i hun, ac fe eisteddodd y ddau'n yfed eu te heb ddweud gair. Ond doedd y distawrwydd ddim fel y distawrwydd a oedd wedi bodoli ers dyddiau cyn hynny.

'Mae o'n wir, 'sti,' meddai Helen ar ôl chydig. 'Ond wn i ddim sut i'w brofi fo i ti.'

'Dio'm bwys am hynny rŵan, Mam.'

Edrychodd Helen arno, y bachgen 'ma roedd hi wedi'i orfodi i dyfu i fyny dros nos. Allai hi ddim cofio'n iawn sut beth oedd bod yn bymtheg, roedd o'n bell yn ôl, mor bell yn ôl.

'Mi ydw i'n dri chant a hanner, 'sti. Fwy neu lai. Tri chant pum deg a dwy ddeud gwir.'

Ond doedd yna ddim pwrpas, penderfynodd. Mi ddylai ei bod hi wedi sylweddoli ei bod hi'n rhy gynnar i ddweud wrtho fo. Neu'n rhy hwyr. Mi ddylai ei bod hi wedi creu rhyw stori gelwyddog i esbonio pam eu bod wedi gadael Penrhyn fel gwenoliaid ddiwedd haf. Ond mi oedd hi'n hollol amlwg fod John yn creu ei stori ei hun er mwyn esbonio'i hymddygiad.

'Tydi o ddim bwys, Mam. Mi fedra i gael gwaith, mi ydw i ddigon hen. Ac fe elli di fynd i weld doctor, falla.'

'Dw i ddim angen mynd i weld doctor,' atebodd yn ddigon swta. 'A does yna ddim angen i ti weithio, wel, ddim brys o leia.'

Cododd Helen a mynd at y mwyaf o'r ddau gês a oedd wedi'i adael bron heb ei gyffwrdd wrth droed ei gwely ers dyddiau. Agorodd ef a symud ychydig ar y dillad fel bod posib iddi dyrchu i'r gwaelod. Tynnodd arian allan a'u dangos i John. Roedd y papurau, papurau punnoedd a hyd yn oed bapurau pumpunt, wedi'u rhowlio'n dynn a'u clymu efo pwt o gortyn.

'Digon,' meddai gan ateb ei gwestiwn er nad oedd o wedi'i ofyn, 'digon fel nad oes brys i chdi na fi gael gwaith am ychydig wythnosau. Nid fod yna brinder gwaith o be dw i'n ddallt. Mi gawn ni benderfynu ai yma 'dan ni am fod.'

Fe fyddai wedi gallu bod yn hawdd i John gamddehongli hynny a chredu bod yna bosibilrwydd y byddent yn dychwelyd i Benrhyndeudraeth. Ond mi oedd o'n adnabod ei fam yn well na hynny. Beth bynnag oedd o'i le arni, mi wyddai nad oedd mynd yn ôl i Penrhyn yn rhywbeth roedd hi'n ei ystyried. Roedd rhaid iddo ofyn y cwestiwn nesaf.

'Sut?'

Gwyddai Helen ei fod yn cofio'r adegau pan fu rhaid iddi ddweud wrtho na allai hi fforddio'r hyn neu'r llall, yr adegau pan oedd y tŷ yn oer a'r cawl yn denau. Doedd dim llawer o adegau felly wedi bod, chwarae teg, ond bu digon ohonynt iddo sylweddoli nad oedd gan ei fam lawer iawn o arian.

'Mi oeddwn i'n cynilo rhyw fymryn. Ac ...' Petrusodd Helen cyn mynd yn ei blaen. 'Ac fe ges i ychydig o help.'

Rhegodd ei hun am fethu dweud celwydd wrtho, ac ymbalfalu am ffordd i ateb y cwestiwn nesaf. Ond ddaeth y cwestiwn ddim. Am ba bynnag reswm wnaeth John ddim gofyn pwy oedd wedi rhoi'r arian iddi hi. Cododd hithau ac

aeth â'r arian yn ôl i'r cês a'i wthio o'r golwg o dan y dillad. Yna tynnodd y rolyn allan unwaith eto a rhyddhau un papur punt ohono cyn ei guddio eto.

'Cer i nôl *chips* i ni i swpar.'

'A *fish*?'

'A *fish* os ti isio. Tyd â un bach i mi hefyd. A tyd â chopi o'r *Echo* hefyd, mae 'na dai ar osod yn hwnnw.'

Pan ddychwelodd John â'r pecyn o sglodion a physgod yn gynnes yn ei ddwylo a'r papur newydd o dan ei fraich, roedd perchennog y tŷ lojin yn sefyll ar stepen y drws. Roedd ganddi frws yn ei llaw ond doedd hi ddim yn gwneud dim ag o.

'Deud wrth dy chwaer agor y ffenest wedyn – dw i ddim isio'r stafell 'na'n drewi.'

Atebodd o mohoni, ond ar ôl iddo agor y papur oedd o amgylch y bwyd a gosod y pecynnau fel platiau ar y bwrdd bach simsan oedd rhwng y ddau wely, fe soniodd wrth Helen.

'Roedd hi'n meddwl mai brawd a chwaer oeddan ni.'

Ni chymerodd Helen unrhyw sylw ohono, dim ond dal ati i fwyta'i sglodion.

'Od 'de, bod hi'n meddwl hynna,' medda fo wedyn.

'Mi oeddwn i'n meddwl mai dyna fyddai ora. Haws i bobl gredu hynny. Ac anoddach ...'

'Anoddach i Llew'n ffindio ni? Mam!'

'Falla 'sa fo'n well 'sat ti'n deud "Helen".'

Pennod 6

Mi gymerodd hi flynyddoedd iddo fo ddweud 'Helen' wrthi hi yn rheolaidd ac yn naturiol. Yn y dechrau dim ond osgoi ei galw yn unrhyw beth wnaeth o, a gwneud hynny oherwydd ei fod o'n credu mai cyd-fynd efo'r ffwlbri oedd y peth gorau. Noson y *chips* mi aeth y ddau trwy'r hysbysebion yn yr *Echo* ac ymhen pythefnos mi oeddan nhw'n byw mewn tŷ yn Clare Gardens, neu o leiaf mewn rhan ohono fo. Roedd perchennog y tŷ yn byw yno hefyd ond roedd y llawr isaf yn fflat bychan gyda dwy lofft, ystafell fyw braf a chegin fechan fechan, ac yn fanno roedd Helen a John. Er eu bod yn rhannu'r un drws ffrynt prin yr oeddan nhw'n gweld Mrs Davies. Roedd Helen wedi petruso pan sylweddolodd mai Cymraes oedd Mrs Davies. Fe fyddai wedi bod yn well ganddi hi ddiflannu i bwll mawr Seisnig y ddinas, ond fe sylwodd pa mor hapus roedd John yn edrych yn siarad Cymraeg efo'r hen wraig.

Un o Sir Fôn oedd Gwen Davies, wedi symud i Gaerdydd efo'i theulu pan oedd hi'n chwech oed, saith deg o flynyddoedd yn ôl, ond doedd ganddi bellach ddim teulu yn weddill yn y gogledd. Siawns na fyddai'n llawer o broblem, rhesymodd Helen, ac mi oedd y fflat mewn lle braf gyda'r ddau barc bychan gerllaw, a'r rhent yn rhesymol. A chadw iddi hi'i hun wnaeth eu landledi, hi a'i chi bach du, a phrin iawn y cafodd John gyfle i sgwrsio efo hi mewn unrhyw iaith. Dim ond ambell 'fore da' wrth iddyn nhw fynd heibio'i gilydd yn y cyntedd – hi wedi bod â Toby am ei *gonstitutional* boreol yn y parc a John yn mynd i'w waith. Roedd o wedi llwyddo i gael gwaith fel clerc ym Mragdy Brains.

'Sut?' holodd Helen pan ddaeth adref y diwrnod hwnnw yn wên i gyd. 'Sgen ti ddim dy School Certif. A ti rhy ifanc. Mi oeddwn i am drefnu i ti fynd i'r ysgol mis Medi.'

'Ddim chdi ydi'r unig un sy'n gallu deud clwydda.'

Yn fuan wedyn daeth y rhyfel yn Ewrop i ben, ac yn sgil John roedd Helen wedi cymryd rhan yn y parti stryd. Cymdeithasu'n groes i'w hewyllys braidd roedd Helen ond mi oedd John yn ei elfen – yn gosod baneri, yn gwenu a wincio ar bob merch rhwng saith a saith deg saith, ac yn canu ddiwedd noson. Roedd wedi dod â photeli cwrw adref o'r bragdy ac roedd yn eu rhannu'n hael â phawb a hyd yn oed wedi perswadio Helen i gael un ohonynt. Wrth i'r parti dawelu safai John wrth ei hochr a'i fraich yn gorffwys ar ei hysgwydd.

'Distaw 'di dy chwaer, yn de, Johnny?' meddai rhywun.

'Distaw iawn,' atebodd yntau. 'Er, mi oedd hi'n fy ordro o gwmpas pan o'n i'n iau – fy nhrin i fel babi!'

Chwarddodd y criw bach i gyd, ac fe ymunodd Helen yn y chwerthin er mwyn cuddio'r ffaith bod y saeth yna wedi mynd yn ddyfn a'r tegyll yn rhwygo'r cnawd. Teimlodd ei fraich yn gwasgu amdani fymryn yn rhy galed.

A phan aeth y ddau adref roedd John yn y tir peryg 'na mae pobl chwil yn llithro iddo weithiau, y tir lle mae'r ffin rhwng gwylltio a chrio'n denau iawn ac yn symudol.

'Dw i ddim yn dallt, 'sti. Dw i'n cau fy ngheg ac yn cydfynd efo dy lol wirion di, ond dw i ddim yn dallt.'

Atebodd Helen mohono fo.

'Wyt ti ddim isio bod yn fam i mi? Pam 'dan ni'n neud hyn?'

'Dw i wedi esbonio, Sionyn. Oherwydd …'

Torrodd ar ei thraws. 'Os ddudi di dy fod ti'n dri chant oed ac nad wyt ti'n heneiddio dw i'n mynd i ffonio plismyn a doctor a gawn nhw fynd â chdi ffwrdd i'r seilam.'

Gwelwodd Helen a thrio peidio cynhyrfu er gwaetha'r dyn ifanc chwil 'ma oedd yn gweiddi arni hi.

'Ti ddim yn drichant oed, iawn? Mi gest ti dy eni yn 1903, mae gen ti blydi *birth certificate*, dw i wedi'i gweld hi.'

'Tydyn nhw ddim yn bethau anodd iawn i'w cael, 'sti.'

'Felly mae gen ti gasgliad ohonyn nhw, oes?'

Eisteddodd Helen yn y gadair ger y tân. Efallai y byddai yntau'n eistedd wedyn yn hytrach na cherdded yn ôl ac ymlaen. Efallai y byddai'n rhoi'r gorau i weiddi. Roedd Gwen Davies wedi gadael y parti ar ôl rhyw awran ac fe fyddai hi'n cysgu bellach. Gallai ei dychmygu yn ei choban wen a Toby mewn basged fach wrth ochr y gwely. Doedd hi ddim am iddi gael ei deffro gan weiddi chwil.

'Dw i'n cael gwared ohonyn nhw. A beth bynnag, petha cymharol ddiweddar ydyn nhw. Doedd dim rhaid cofrestru genedigaetha tan 1875. Felly mi ges i'r dystysgrif gynta ddechra'r ganrif yma.'

Eisteddodd John yn y gadair gyferbyn â hi gan regi'n ddistaw o dan ei wynt. Plygodd Helen yn ei blaen a gafael yn ei ddwy law.

'Gwranda,' meddai, 'does dim o hyn yn bwysig. Be sy'n bwysig ydi 'mod i'n dy garu di, ac y bydda i'n edrych ar dy ôl di.'

'Dw i ddim isio dynas honco bost yn edrych ar fy ôl i!'

Cododd ar ei draed a chododd Helen hithau gan ddal ei gafael yn ei ddwylo. Tynnodd John ei hun yn rhydd a rhoi peltan iddi hi. Slap ac wedyn dwrn yn ei stumog fel petai o'n wyth oed ac yn ymladd ar iard yr ysgol. Yna ei gwthio o'r ffordd nes ei bod ar ei hyd ar lawr, hanner ei boch ar y leino a hanner ei boch ar y mat o flaen yr aelwyd. Doedd hi heb frifo gymaint â hynny, rhyw slap a dwrn digon tila oeddan nhw, ond chododd hi ddim, dim ond gorwedd yno. A wnaeth o ddim hyd yn oed troi i edrych wrth adael yr ystafell.

Y bore wedyn wnaeth yr un o'r ddau gyfeirio at y peth. Aeth John i'w waith gyda'i ben mawr cyntaf, a daeth adref at bryd poeth yn ei ddisgwyl ar y bwrdd. Roedd gan Helen glais bychan ar ei thalcen, ond mi oedd o'n ddigon bach i'w anwybyddu. Ac fe aeth bywyd yn ei flaen trwy'r haf hwnnw yn syndod o normal ac yn wallgof o abnormal. Un noson fe safodd Helen am yn hir yn nrws ei lofft yn ei wylio'n cysgu, a chofio'n glir sut y byddai'n gwneud hynny yn y tŷ bach ym Mhenrhyndeudraeth. Prin y gallai amgyffred mai'r un person oedd y bachgen bach bochgoch a'r dyn ifanc chwe throedfedd. Cerddodd at y gwely a chodi'r flanced dros ei sgwyddau. Hwn oedd y diwrnod cyntaf o Fedi a bron nad oedd hi wedi teimlo rhyw ias hydrefol y bore hwnnw wrth iddi rwygo'r ddalen oddi ar y calendr yn y gegin a'i defnyddio, ynghyd â chydig o bapur newydd, i gynnau tân. Gwingodd John yn ei gwsg a thaflu'r flanced yn ôl oddi ar ei ysgwyddau.

Trodd Helen a cherdded oddi yno ac yn ei blaen i'w llofft ei hun. Teimlai fod popeth yn llithro allan o'i gafael rhywsut. Bron nad oedd hi'n difaru bod y rhyfel wir wedi dod i ben erbyn hyn – nid dim ond yn Ewrop, roedd popeth drosodd rŵan. Fe fyddai hynny'n un newid mawr arall i ddygymod ag o. Nid ei bod hi'n ddigon gwirion i ddweud wrth neb ei bod yn chwith ganddi ei weld yn dod i ben. Ond gwyddai o brofiad fod pobl yn sylwi llai pan oedd hi'n adeg rhyfel. Roedd y ddwy fom fawr 'na wedi cael eu gollwng ar Japan ychydig wythnosau'n ôl. Ni allai benderfynu a oedd hyn yn wahanol mewn rhyw ffordd fwy sylfaenol i'r holl ryfeloedd a oedd wedi bod, i'r holl ryfeloedd yr oedd hi wedi bod yn dyst iddynt a'r rhai cyn hynny. Ond mi oedd yn sicr yn ddigon i berswadio Japan i roi'r gorau iddi hi. Ac mi oedd pennawd y *Western Mail* y bore canlynol yn cadarnhau hynny. Roedd hi wedi darllen adroddiad gan ddyn o'r enw David Divine o dan y pennawd 'How Peace Came to the World'. Ceisiodd ddychmygu David Divine, pwy bynnag oedd o, yno'n disgrifio'r bryniau duon o amgylch bae Tokyo a'r 'glass-calm sea'. Meddyliodd am yr holl ddynion a oedd wedi bod yn rhan o'r peth, ac yna meddyliodd am Llew yn ddiogel yn y gwaith powdr.

Fe fyddai Helen yn meddwl am Llew weithiau beth bynnag, ac yna'n rhwystro'i hun. Roedd hi'n dda am wneud hynny. Bellach roedd hi wedi hen arfer. Yn y dechrau, wrth gwrs, mi oedd hi'n syrthio mewn cariad fel pawb arall ac yn torri ei chalon pan oedd rhaid dod â phethau i ben. Nid eu hanghofio'n llwyr, chwaith. Mi allai hi ddal i enwi'r rhan fwyaf ohonyn nhw. Nid pob un wrth reswm, ond llawer iawn ohonynt. Diolchodd ei bod hi'n cofio'r teimladau cyntaf cryf hynny pan wnaeth John gyfarfod â Rhian.

Mi oedd o wedi bod yn sôn am Rhian hyn a Rhian llall ers wythnosau, ac yna wedi bod yn dweud wrthi ei fod yn mynd i'r pictiwrs efo Rhian neu am dro efo Rhian. Nid nad oedd yna gariadon wedi bod cynt, ond mi wyddai Helen y tro cyntaf y dywedodd ei henw fod yna rywbeth yn wahanol am hon. Ac eto, wnaeth o ddim dod â hi draw. Roedd rhai o'r lleill wedi galw yn y fflat heb fawr o ffws, rhai wedi cael paned efo Helen, eraill ddim ond wedi gwibio i mewn ac allan efo John wrth iddo nôl ei gôt neu esbonio wrth Helen na fyddai adref tan gyda'r nos. Ond wnaeth Rhian ddim ymddangos.

Allai o ddim dod â hi draw. Doedd o ddim hyd yn oed yn siŵr pam ei hun.

'Pryd ydw i'n cael cyfarfod y Rhian 'ma?'

'Wn i'm.'

'Pryd ga i gwrdd dy chwaer?'

'Rhywbryd.'

Sylweddolodd fod ganddo ofn y byddai'r ferch yma, y ferch bwysig yma, yn deall rhywsut. Wyddai o ddim sut y byddai'n deall, ond mi oedd hi fel petai'n ei adnabod mor dda fel y byddai'n amhosib iddi beidio. Byddai'n gweld John a Helen efo'i gilydd ac yn gweld yn syth nad perthynas brawd a chwaer oedd rhyngddynt. Ystyriodd ddweud y gwir wrthi hi – esbonio bod ei fam wallgo yn mynnu ei fod yn ei thrin fel chwaer. Ceisiodd ymarfer brawddegau yn ei ben.

'Mae hi'n od iawn, ond wneith hi ddim drwg i ti.'

'Hi sydd yn mynnu'n bod ni fel hyn. Mae'r doctoriaid yn credu mai cyd-fynd efo hi ydi'r peth gorau.'

Roedd o'n hoffi'r syniad fod yna ryw feddyg dychmygol yn cyd-weld efo be roedd o'n ei wneud, er nad oedd Helen wedi bod yn agos at feddyg. Ond yn y diwedd ddywedodd o ddim byd, dim ond ildio i swnian Rhian a dod â hi draw i gyfarfod Helen rhyw bnawn Sul.

Wrth gwrs, wnaeth Rhian ddim sylwi ar ddim byd od, neu o leiaf wnaeth hi ddim dweud dim byd. Teimlodd John ryddhad i ddechrau, ond yna ryw hanner awr ar ôl iddynt adael y fflat dechreuodd boeni mai rhy gwrtais i ddweud dim byd oedd hi.

'Oeddat ti ddim yn meddwl bod Helen yn od?'

'Na. Ym mha ffordd?'

'Wn i'm. Mae hi'n ymddangos yn od i bobl weithia.'

'Ti'n ofalus iawn ohoni hi'n dwyt, er taw ti yw'r brawd bach.'

A rhoddodd Rhian ei llaw yn ei law a rhoi cusan ysgafn ar ei foch, a bu John yn ddigon call i adael i'r sgwrs ddod i ben.

A phan ddaeth o adref mi oedd o'n barod i Helen fod yn feirniadol. Ond doedd hi ddim.

'Dw i'n ei licio hi.'

'Ond?'

'Ond dim byd, pwt. Dw i'n meddwl bod Rhian yn hogan iawn.'

Ac fe adawyd y sgwrs honno yn fanno hefyd, heb dyrchu'n ddyfnach i ofnau Helen. Ac mi oedd hi wedi claddu'r ofnau mor ddyfn fel na fyddai posib cael gafael iawn arnyn nhw beth bynnag. Digon i'r diwrnod. Digon i'r wythnos, digon i'r mis, ac fe aeth bywyd yn ei flaen.

Weithiau byddai Helen yn dweud wrth John, 'Os ti isio gwbod mwy amdana i, does ond rhaid i ti ofyn, cofia.' Ond fyddai hi ddim yn dweud dim mwy na hynny. Ac fe fyddai John yn gwgu. Weithiau byddai'n arthio arni ac yn dweud nad oedd o'n mynd i drafod y ffwlbri.

'Dw i'n fodlon dy alw di'n Helen, dw i'n fodlon i bobl gredu mai brawd a chwaer 'dan ni, ond paid â disgwyl i mi gymryd y lol arall 'na o ddifri.'

Ond wnaeth o ddim ei gwthio na'i tharo eto. Ychydig iawn roedd o wedi'i yfed ar ôl y noson honno.

Ond rhwng y sgyrsiau yma, os gellid eu galw'n sgyrsiau, roedd y ddau yn byw'n ddigon cytûn. Ac mi oedd John yn treulio mwy a mwy o amser yn nhŷ Rhian. Byddai'n cael cynnig aros i fwyta yno o leiaf unwaith yr wythnos. Eisteddodd yno un noson a'r teulu i gyd o amgylch y bwrdd a gwelodd y berthynas rhwng Rhian a'i brodyr a'u rhieni a sylweddoli na fu ei berthynas o efo'i fam yn un felly erioed. Ni allai ddweud be oedd y gwahaniaeth, ond mi oedd yna wahaniaeth. Mae'n rhaid bod yna rywbeth wedi digwydd o amgylch y bwrdd y noson honno, ond rhywbeth bach iawn oedd o – goslef llais tad Rhian wrth iddo gywiro'i brawd neu'r ffordd y gwnaeth yntau wenu ar ei dad wedyn. Rhywbeth yn y pwt bach yna o sgwrs wnaeth i John weld fod yr holl batrwm yn wahanol. Mi fyddai'n amhosib dychmygu'r plant a'r rhieni yma'n trawsnewid eu perthynas i fod yn frodyr a chwiorydd. Rhieni a phlant fyddai'r rhain am byth. Ac fe sylweddolodd John fod Helen wedi rhagweld y byddai rhaid newid eu perthynas o'r dechrau, o'r dechrau un.

'Wyt ti'n iawn, John?'

Wyddai o ddim be oedd Rhian wedi'i weld i beri iddi ofyn hynna. Rhyw gysgod, rhyw welwi, rhyw dynhau. Mae'n siŵr na fyddai hithau wedi gallu esbonio yn union be welodd hi. Honnodd nad oedd o'n teimlo'n dda. Dywedodd y byddai'n mynd adref yn fuan. Ymddiheurodd am beidio gorffen ei swper. Pan gyrhaeddodd adref roedd Helen yn eistedd wrth y bwrdd yn bwyta caws ar dost ac yn sgwennu llythyr at rywun. Plygodd y llythyr a'i wthio i boced ei ffedog.

'Wyt ti isio caws ar dost?'

'Dw i isio sgwrsio.'

Ac fe wyddai hi am be yr oedd o isio sgwrsio heb iddo ddweud dim mwy.

'Mi a' i i wneud paned i ni.'

Efallai mai mynd i wneud paned er mwyn cael amser i feddwl wnaeth hi. Efallai ei bod hi wedi bwriadu cael paned ar ôl y caws ar dost beth bynnag, ac na welai fod angen brysio ac yntau wedi gwrthod trafod y peth ers bron i ddwy flynedd. Llenwodd y tegell â dŵr a'i osod ar y fflam nwy. Gwyliodd y fflamau gleision yn lledu i'r ochr oddi tano a chofio'r diwrnod y gwelodd hi ffasiwn beth am y tro cyntaf. Cofiodd y rhyfeddod a chofiodd y baned gyntaf honno, sut yr oeddan nhw i gyd wedi disgwyl i'r te flasu'n wahanol, a sut roedd rhai yn grediniol ei fod yn wahanol. Chwibanodd y tegell. Tywalltodd y dŵr berwedig i mewn i'r tebot ar ben y dail.

Mae'n bosib mai mynd i wneud paned er mwyn i John gael ychydig funudau ar ei ben ei hun wnaeth hi. Roedd o wedi cyrraedd y fflat fel tegell ar fin berwi, ond wrth eistedd wrth y bwrdd gyferbyn â'r plât gwag ac ychydig friwsion a darn bach o gaws wedi cledu arno, gallai deimlo'i hun yn tawelu. Nid ailfeddwl, dim ond tawelu. Ceisiodd benderfynu be fyddai'r frawddeg orau, y cwestiwn gorau. Sylweddolodd nad oedd o hyd yn oed yn siŵr be oedd o isio'i wybod.

Daeth Helen yn ei hôl efo llond tebot o de, dwy gwpan, dwy soser a jwg llefrith. Arhosodd yntau iddi osod popeth ar y bwrdd ac eistedd gyferbyn â fo. Tywalltodd Helen ychydig o lefrith i'r cwpanau.

'Wel,' gofynnodd, 'be ti isio wbod?'

'Pob dim. Y gwir.'

'Wnei di 'nghredu i tro 'ma?'

Cymerodd John sip o'i de cyn ateb.

'Dw i ddim yn gwbod. Ond dw i'n fodlon gwrando. Mi gei di drio esbonio be sy'n digwydd.'

Cymerodd Helen anadl ddofn. Roedd hi wedi bod isio esbonio, isio i John ddeall. Ac eto, rhywsut mi oedd pethau wedi bod yn rhwyddach pan oedd y ddau ohonynt yn esgus nad oedd yna ddim byd yn bod. Efallai na fyddai'n ei chredu y tro hwn chwaith, ac wedyn fe fyddent yn ôl yn y limbo lle roedd pawb yn anwybyddu'r gwir.

'Tydw i ddim fel pawb arall,' dechreuodd. 'Mae 'na rwbath ynglŷn â fy nghorff i sydd yn wahanol i gyrff pawb arall. Wel, bron iawn pawb arall. Pawb arall rwyt ti'n ei nabod.'

Ond cyn iddi hi allu mynd ddim pellach fe glywodd y ddau goblyn o glec uwch eu pennau. Fel arfer doeddan nhw ddim yn clywed smic o ran eu landledi o'r tŷ. Bu distawrwydd am eiliad neu ddwy ar ôl y glec ond yna roedd posib clywed Gwen Davies yn gweiddi a chlywed Toby'n cyfarth.

Doedd yr un o'r ddau wedi bod i fyny'r grisiau at ddrws Gwen Davies o'r blaen – y drefn fyddai gadael y pres rhent mewn amlen ar y bwrdd bach yn y cyntedd – ond wnaethon nhw ddim petruso am eiliad, dim ond rhedeg i fyny'r grisiau, Helen ar y blaen a John y tu ôl iddi. Roedd y drws wedi'i gloi.

'Mrs Davies! Mrs Davies! 'Dach chi'n iawn?'

Ond mi oedd hi'n amlwg nad oedd hi'n iawn. Roedd yna sŵn, rhywbeth rhwng griddfan a sgrechian, a Toby'n cyfarth trwy'r cwbl. Gwthiodd Helen yn erbyn y drws ond doedd o'n symud dim.

'Symud!'

Ac fe redodd John gan daro â'i holl nerth yn erbyn y drws. Teimlodd boen ofnadwy yn ei ysgwydd, ac am eiliad roedd yn difaru trio bod yn arwr ac efelychu rhywbeth roedd o wedi'i weld mewn ffilm yn y Capitol. Ond fe symudodd y drws ychydig, a chyda'r ail hergwd gan Helen a John efo'i gilydd clywyd sŵn pren yn rhwygo ac fe agorodd y drws.

Roedd y drws yn agor yn syth i mewn i ystafell fyw, ac yno o'u blaenau, yn gorwedd ar y llawr, roedd Gwen Davies a chwpwrdd llyfrau trwm wedi disgyn ar ei choesau. Erbyn hyn roedd Toby yn ysgyrnygu arnynt ac yn bygwth eu brathu. Yn syndod o sydyn plygodd Helen i lawr a gafael yng ngwar y creadur cyn iddo gael llawer o amser i feddwl. Yn hollol ddiseremoni taflodd y ci i'r gegin a chau'r drws arno'n glep, cyn mynd i helpu John i godi'r cwpwrdd oddi ar goesau'r hen wraig. Wrth iddynt ei godi disgynnodd mwy o lyfrau allan ohono ac ar ben y greaduras. Erbyn hyn roedd Gwen wedi rhoi'r gorau i wneud twrw er bod Toby yn dal i ymosod ar y drws a oedd yn ei rwystro rhag amddiffyn ei feistres. Plygodd John i lawr wrth ei hochr.

'Mrs Davies? Mrs Davies?'

A rhoddodd ei law o dan ei chesail fel petai am drio'i chodi.

'Paid â'i symud hi!'

Anfonodd Helen o i chwilio am feddyg, ac fe eisteddodd hithau wrth ymyl yr hen wraig. Ar adegau byddai honno'n anymwybodol, ac ar adegau eraill byddai'n deffro ac yn edrych mewn penbleth ar Helen.

'Pwy 'dach chi?'

'Helen. Fi a John sy'n byw lawr grisia'n de. Eich tenantiaid.'

Gwenodd Gwen Davies arni o ryw le pell, niwlog.

'O'n i'n meddwl ...'

Ond yna fe gaeodd ei llygaid eto. Edrychodd Helen arni, ond doedd dim arwydd o waedu. Dim gwaedu allanol o leiaf. Rhoddodd ei llaw yn ysgafn ar ei garddwrn. Doedd ganddi ddim oriawr i fod yn berffaith siŵr, ond roedd y curiad yn teimlo'n eithaf normal. Bu bron iddi hi ddweud hynny wrth y meddyg pan gyrhaeddodd hwnnw, ond gadawodd iddo'i ddarganfod drosto'i hun. Fyddai o ond yn holi neu yn amau. Ac roedd hi'n syndod cyn lleied o wybodaeth y gallai hi a John ei rhoi i'r meddyg. Wydden nhw ddim a oedd ganddi unrhyw berthnasau, ond doeddan nhw heb weld neb yn galw erioed nac wedi'i chlywed yn sôn am neb.

Ar ôl iddi gael ei chludo i'r ysbyty, fe gawsant hyd i oriad, cloi'r drws a dychwelyd i lawr y grisiau. Dim ond wrth iddi glirio'r te oer y cofiodd Helen.

'Y blydi ci!'

Dychwelodd John i fyny'r grisiau i'w nôl. Erbyn hyn roedd Toby wedi colli'r cythral oedd ynddo cynt ac yn gorwedd yn ei fasged yng nghornel y gegin. Gafaelodd John yn y fasged, y dysglau bwyd a dŵr, a'r tennyn a oedd yn crogi ar gefn y drws. Ac felly y daeth Toby i fyw efo Helen a John.

Y diwrnod wedyn fe aeth Helen i'r ysbyty i weld Gwen. Roedd hi'n eistedd i fyny yn ei gwely a'i braich mewn plastar. Edrychai'n fach ac yn eiddil yn y gwely uchel haearn.

'Be 'dach chi'n neud yma?'

'Dod i'ch gweld chi.'

'Sut oeddach chi'n gwbod 'mod i yma?'

Esboniodd Helen mai hi a John oedd wedi cael hyd iddi hi, mai nhw oedd wedi cael gafael ar feddyg. Dim ond pan esboniodd fod Toby'n saff efo nhw y gwnaeth yr hen wraig ymateb.

'Rŵan gwrandwch – dw i'n cael cig iddo fo gan y bwtsiar 'na ar y gornel. Gofynnwch am Dei, a dudwch mai nôl cig i gi Miss Davies 'dach chi. Ac mae isio mynd â fo allan peth cynta'n y bora ...'

'Dw i'n gwbod. Bellach.'

Dechreuodd Gwen Davies chwerthin ac yna stopio'n sydyn oherwydd y boen.

'Ond mi fydda i adra fory.'

Roedd un o'r nyrsys yn pasio'r gwely wrth iddi hi ddweud hyn ac fe ddaliodd lygad Helen ac ysgwyd ei phen.

'Mae honna'n dallt Cymraeg,' meddai Gwen Davies heb drafferthu gostwng ei llais. 'Er, rhyw Gymraeg digon od ydi o. Llanelli, medda hi.'

Wrth gerdded adref y noson honno dechreuodd John gyfri'r reilins yn ffens y parc. Os byddai odrif rhwng y gornel a'r giât fe fyddai'n ailddechrau'r sgwrs. Os eilrif fe fyddai'n gadael i bethau fod, yn gadael iddi hi ailddechrau'r sgwrs os oedd hi isio, ond yn dweud dim ei hun. Beth oedd ots os nad oeddan nhw'n trafod y peth am ddwy flynedd arall? Ond mi oedd darnau olaf y reilins wedi cael eu torri a'u cludo ymaith, rhan o'r ymgyrch i gasglu haearn a fu i helpu efo'r rhyfel, ac allai o ddim penderfynu a ddylid cynnwys y bonion yn ei gyfrif.

Efallai y byddai hi'n dweud rhywbeth. Yn gwneud paned eto a gosod dwy gwpan ar y bwrdd ac eistedd gyferbyn â fo, ac na fyddai clec a griddfan a chyfarth yn torri ar draws y sgwrs y tro yma. Neu efallai na fyddai hi. Efallai nad oedd ots ganddi hi. Efallai nad oedd ots ganddo fo. Ac yna roedd o adref ac roedd swper ar y bwrdd a chi bach diarth yn cysgu yn ei fasged yn y gornel, a daeth ton o hiraeth am Cena drosto. Ac yn dilyn yr hiraeth daeth dicter, a doedd o ddim bwys o gwbl sawl relan oedd yn y ffens.

Trodd Helen a gwenu arno. Ac er gwaethaf y cariad oedd yn y wên, a'r cariad yr oedd o'n gallu'i weld yn y wên, roedd ei ddicter o'n drech na hynny.

'Dw i isio dal ati efo'r sgwrs 'na. Dw i'n haeddu esboniad. Dw i isio esboniad.'

'Da iawn.'

Ac fe wnaeth ei hateb syml, difalais, hyderus, dynnu'r gwynt o'i hwyliau. Roedd o isio iddi hi fod yr un euog yn y doc, ac yntau'n ei chroesholi. Roedd o isio iddi hi ymddiheuro am ei hymddygiad ac iddo yntau gael cyfle i benderfynu be fyddai'i chosb.

Fe ddechreuodd Helen yr esboniad efo'r union eiriau yr oedd hi wedi'u defnyddio y noson cynt.

'Tydw i ddim fel pawb arall.'

Petrusodd am eiliad.

'Tydw i ddim fel pawb wyt ti'n ei nabod. Mae'n amhosib i ti gofio, dw i'n gwbod, ond dw i'n edrych yn union yr un peth rŵan ag oeddwn i'n edrych pan gest ti dy eni. Wel fwy neu lai 'run peth.'

Bron nad oedd John mewn poen corfforol wrth rwystro'i hun rhag torri ar draws, rhag dadlau efo hi. Roedd hi'n edrych mor gall, roedd hi'n swnio mor gall os nad oedd o'n gwrando ar yr union eiriau roedd hi'n eu dweud.

'Dw i'n edrych yr un peth ag yr oeddwn i dros dri chant o flynyddoedd yn ôl, ac mae'n debygol mai eitha tebyg i hyn y bydda i'n edrych ymhen tri chant o flynyddoedd.'

Roedd Helen wedi bod yn meddwl am ffordd rwydd o brofi'r peth. Doedd ganddi hi ddim llun. A'r cwbl y byddai llun wedi'i brofi oedd fod rhywun eithriadol o debyg iddi wedi bod yn fyw hanner can mlynedd ynghynt, yn wraig ifanc hanner can mlynedd ynghynt. Ac mae yna gymaint o bobl wedi edrych ar lun o'u mam neu'u modryb neu'u nain a sylweddoli eu bod nhw yr un ffunud, mor debyg fel y bydden nhw'n gallu taeru mai y nhw oedd yno yn y llun, ymhell cyn eu geni.

'Fedra i mo'i brofi fo,' cyfaddefodd.

Ac yn od iawn, dyna wnaeth i John ystyried y posibilrwydd ei bod hi'n dweud y gwir. Ac eto.

'Wyt ti'n mynd i fyw am byth?'

Wyddai o ddim a oedd o'n holi oherwydd ei fod yn ei chredu, neu yn holi er mwyn esgus ei fod yn ei chredu, er mwyn trio'i dal hi, ei thwyllo i fagl a phrofi iddi hi mai hi oedd yn drysu. Wyddai hithau ddim chwaith. Ond yr un oedd yr ateb.

'Nag ydw. Does yna neb yn byw am byth. Rhyw saith can mlynedd mwya tebyg, falla wyth, falla naw. Ond mae'r heneiddio yn y diwedd yn eithaf cyflym, meddan nhw.'

Ddywedodd John ddim byd am funud. Nid oherwydd prinder cwestiynau, ond yn hytrach am ei fod o'n cael trafferth dewis y cwestiwn gorau i'w ofyn. Rhoddodd Helen ei llaw ar ei fraich.

'Mae'n ddrwg gen i. Mi ddylwn i fod wedi dweud wrthat ti o'r dechra. Tasat ti wedi tyfu fyny'n gwbod hyn mi fysa fo'n haws, yn bysa?'

'Falla.'

'Ond mi oeddwn i isio i ti gael magwraeth normal.'

Edrychodd ar wyneb John, ac er na allai ei ddarllen yn iawn ychwanegodd, 'Wel, mor normal â phosib, 'de.'

Sylweddolodd y ddau eu bod yn sefyll yng nghanol y stafell fel pobl mewn drama, a heb drafod symudodd y ddau i eistedd wrth y bwrdd. Estynnodd Helen yn ei blaen gan symud y pupur a'r halen i un ochr a gafael yn ei ddwylo, gafael yn dynn yn ei ddwy law a'u gwasgu, ac edrych i fyw ei lygaid.

'Y peth pwysig ydi 'mod i'n dy garu di. Ac y gwna i edrych ar dy ôl di.'

Cofiodd ei bod wedi dweud yr union eiriau yna y noson y gwnaeth o'i tharo hi. A heno doedd yna ddim arlliw o wên ar ei wyneb.

'Chdi ydi'r unig un yn y byd sydd yn mynd i fyw am wyth can mlynedd?'

Roedd o'n dal isio iddi hi ddweud rhywbeth a fyddai'n profi, iddo fo ac iddi hi, ei bod hi'n cyboli. Ei bod hi'n drysu. Ond ym mêr ei esgyrn fe wyddai ei bod hi'n dweud y gwir.

'Falla ei bod hi'n well peidio holi popeth rŵan, John. Mae o'n ormod, tydi? Dw i ond yn falch dy fod ti'n fy nghredu.'

''Nes i ddim deud ...'

'Ond mi wyt ti'n dwyt?'

Ac mi oedd hi'n iawn. Oherwydd ei bod hi'n ei adnabod. Fel y mae pob mam yn adnabod ei phlentyn. Ac fel y mae chwiorydd yn adnabod eu brodyr, a chariadon yn adnabod y naill a'r llall, a sut y mae plant, weithiau, yn adnabod eu rhieni. Er eu bod nhw'n esgus fel arall weithiau, yn awyddus i gael eu twyllo, mae yna ryw ran o'u cyrff yn gwybod be sy'n wir a be sy'n gelwydd.

'Dw i am fynd â Toby am dro,' meddai John.

'O'n i'n meddwl falla 'sat ti'n dod efo fi i weld Gwen Davies.'

'Fory w'rach.'

Ac erbyn hynny roedd John wedi gafael yn y tennyn ac mi oedd y ci bach tew yn dawnsio o amgylch ei draed mewn gobaith. Mae'n annhebygol bod Toby wedi cerdded cymaint yn ei fywyd. Crwydrodd John strydoedd y ddinas yn ddiamcan am oriau, gan alw mewn sawl tafarn ac yfed sawl peint. Roedd o wedi gobeithio y byddai pawb yn cael eu cau i mewn yn nhafarn y Cattle Market – roedd o wedi clywed gan rai yn y gwaith bod hynny'n digwydd weithiau. Ond roedd y tafarnwr yn llawn annwyd ac wedi blino, ac fe anfonwyd pawb allan yn reit ddiseremoni ar ôl iddo ganu'r gloch am yr eildro. Ystyriodd John am eiliad ofyn a gâi o un wisgi bach sydyn ac yna ailfeddwl. Cerddodd yn ei ôl i gyfeiriad Clare Gardens. Erbyn iddo gyrraedd Despenser Place roedd Toby â'i goesau byrion yn tuthian yn flinedig y tu ôl iddo.

Roedd Helen wedi gwneud yr hyn y mae mamau a gwragedd ledled y byd yn ei wneud – mynd i'w gwely ac esgus cysgu. Gorweddodd yno a gwrando arno'n baglu o gwmpas yn y gegin ac yn siarad efo'r ci. Clywodd sŵn rhyw lestr yn disgyn a malu ac yntau'n gweiddi ar y ci i gadw'n glir rhag ofn iddo 'frifo'i bawennau bach del'. Ond wnaeth hi ddim codi. Dim ond gorwedd yno yn y tywyllwch hyd nes iddi ei glywed yn agor drws ei lofft, ac yna dal ati i wrando hyd nes ei bod hi'n clywed distawrwydd llawn chwyrnu. A hyd yn oed wedyn mi orweddodd yno'n effro am yn hir yn ystyried a fyddai hi wedi gallu delio â phethau'n well. Ond yn y diwedd mi gysgodd hithau.

Yn y bore roedd John wedi codi o'i blaen, a doedd dim ôl o lanast neithiwr i'w weld yn y gegin heblaw eu bod nhw un plât yn brin.

'Ddo i efo chdi i weld Mrs Davies heno,' medda fo.

Ac fe dderbyniodd hi hynny a'r baned a osododd o'i blaen fel rhyw lun o ymddiheuriad. Ymddiheuriad am falu plât mwyaf tebyg. A doedd hi ddim yn gwybod sut y gallai hi ddechrau ymddiheuro wrtho fo.

Roedd Gwen Davies yn amlwg yn well, ond os rhywbeth yn fwy blin.

'Teulu ydach chi?' holodd nyrs.

'Does gen i ddim teulu,' arthiodd Gwen cyn i neb arall allu ateb.

'Ydi hynny'n wir?' holodd y nyrs gan anelu ei chwestiwn at Helen.

'Ond mae gen i glustiau a cheg!'

''Dan ni yn ymwybodol o hynny, Mrs Davies.'

'Miss. Miss Davies. Nid oherwydd diffyg cynigion i chi gael dallt.'

Ac fe gafodd y tri bwl o chwerthin afreolus gan adael i'r nyrs gerdded i ffwrdd a'i hesgidiau yn clecian ar y llawr caled.

Helen oedd y cyntaf i gallio.

'Doedd hynna ddim yn glên iawn, ddyla bo' ni heb chwerthin ar ei phen hi,' meddai.

'Waeth ots gen i am y diawled,' atebodd Gwen Davies, gan wneud i gorneli ceg John ddechrau crynu eto, nes i Helen ddal ei lygad a'i sadio.

Dechreuodd Helen sgwrsio am Toby er mwyn troi sylw'r hen wraig. Holodd hi ers faint roedd y ci ganddi.

'Fuan iawn ar ôl i'r rhyfal ddechra. Roedd y ddynas wirion 'na oedd yn byw lawr grisia adeg honno'n mynd i gael gwared ohono fo. Rhyw syniad hurt y bysa fo'n amddifadu pobl o fwyd yn ystod y rhyfal. Ges i warad ohoni hi a chadw'r ci bach.'

Bob yn hyn a hyn byddai Gwen yn syllu ar Helen am yn hir.

''Dach chi'n fy atgoffa i o rywun, dw i heb sylwi ar y peth o'r blaen. Ond fedra i ddim yn fy myw â chofio pwy.'

Anwybyddodd Helen hi a gofyn rhywbeth arall am y ci. Ond wrth iddyn nhw godi i fynd ar ddiwedd y cyfnod ymweld mi roddodd Gwen ebychiad.

'A! Dw i wedi cofio! Mi ydach chi'r un ffunud â rhywun ddaeth yn forwyn i helpu Mam rhyw haf pan oeddwn i'n hogan fach, yr haf y ganwyd fy mrawd. Un glên oedd hitha.

Siŵr bod hi wedi hen farw erbyn hyn. Mae bywyd yn mynd mor sydyn – gwnewch chi'n fawr ohono fo.'

'Llawer rhy sydyn,' cytunodd Helen.

Y noson honno mi eisteddodd Helen i lawr efo hen amlen wedi'i hagor a phwt o bensel a chreu rhestr – rhestr o enwau a llefydd a dyddiadau. Ac yna wrth i un atgof brocio atgof arall mi sgwennodd gyfres o hanesion. Aeth i chwilio am ddarn arall o bapur. Synnodd ei hun faint roedd hi'n ei gofio o ystyried mai dim ond un haf oedd o. Ac eto, doedd o ddim cymaint â hynny'n ôl, nag oedd? Roedd hi chydig bach yn flin efo hi'i hun nad oedd hi wedi'i hadnabod. Ond mi oedd o'n bownd o ddigwydd weithiau. Mi ddylai hi symud ymhellach. Peth gwirion oedd aros mewn un lle. Ond mi oedd yna rywbeth am Gymru'n ei denu, ac wedi gwneud erioed.

Yn y bore fe roddodd yr amlen a'r papur a oedd yn llawn ffeithiau a storïau, y cyfan wedi'u nodi mewn llawysgrifen fechan, dwt, mewn amlen arall, ei selio a'i rhoi i John.

'Paid ag edrych ar rhain rŵan. Rho hi'n rhywle diogel. Mi hoffwn i 'sat ti'n mynd i weld Gwen Davies dy hun heno 'ma. Hola hi am ei phlentyndod.'

'Pam?'

'Jest gwna fo.'

Ac mi oedd John yn ddigon chwilfrydig i wneud be oedd hi'n ei ofyn.

Y noson honno ar ôl dod adref o'r ysbyty fe ddarllenodd John yr hyn yr oedd Helen wedi'i sgwennu. Yfodd ei baned a chraffu ar y llawysgrifen fân mewn pensel. A mwya'n byd yr oedd o'n ei ddarllen, mwyaf sâl y teimlai. Ar ôl darllen un ochr o'r amlen trodd at Helen.

'Sut? Ti wedi siarad efo hi cynt, yn do?'

'Ti'n gwbod 'mod i heb. Ti'n gwbod cyn lleied 'dan ni wedi'i neud efo hi cyn y ddamwain.'

Darllenodd John weddill yr hyn yr oedd Helen wedi'i sgwennu. Wrth gwrs, nid oedd Gwen wedi sôn am bopeth oedd yno, ond doedd yna ddim byd yr oedd hi wedi'i ddweud a oedd yn gwrth-ddweud unrhyw beth yr oedd Helen wedi'i sgwennu. Roedd yr hen wraig wedi bod yn hapus iawn i sôn am ei phlentyndod efo fo ac roedd yr enwau'n cyd-fynd ac roedd y lleoliadau'n cyd-fynd. Ond yr hyn yrrodd ias i lawr cefn John oedd darllen stori eitha cymhleth am ferch fach bedair oed yn cael codwm wrth fynd i fwydo'r cŵn un gyda'r nos. Roedd enwau'r cŵn yn cyfateb, a'r tywydd, a'r darn am y forwyn fach newydd a ddaeth i'w hachub a'i chysuro. Cofiodd sut roedd Gwen wedi dweud ar ddiwedd y stori, 'Hannah oedd ei henw hi. Hogan glên. Fy atgoffa i ohoni hi oedd dy chwaer.'

Roedd Helen yn gwylio John wrth iddo ddarllen, yn gwylio'i wyneb yn ofalus. Gwelodd ef yn darllen y frawddeg olaf ac yn cau ei lygaid. Fel petai isio dod â'r freuddwyd i ben, nid trwy ddeffro ond trwy gysgu.

'Wrth gwrs, mae 'na fai arna i,' meddai Helen. 'Mi ddylwn i fod wedi'i hadnabod hi. Tydi o heb ddigwydd o'r blaen.'

Bron mai siarad efo hi ei hun roedd hi. Ei cheryddu hi ei hun. Yna trodd i siarad â John.

'Wyt ti'n fy nghredu rŵan? Wyt ti'n derbyn rŵan 'mod i'n dweud y gwir? 'Mod i'n fyw ers hir iawn?'

Agorodd John ei lygaid.

'Mi oeddwn i'n gwbod dy fod ti'n deud y gwir cynt, 'sti.'

'Oeddat falla. Ond mi oeddat ti'n trio gwadu dy fod yn gwbod.'

'O, Mam!'

Ac am unwaith wnaeth Helen ddim ei geryddu na'i gywiro, dim ond cerdded at y gadair lle roedd o'n eistedd, penlinio wrth ei hochr a'i gofleidio. Fe arhosodd y ddau felly cyn hired nes i Toby godi o'i fasged a dod draw atynt gan wthio'i drwyn gwlyb rhyngddynt a mynnu sylw.

'Awn ni â fo am dro? Cyn iddi hi dywyllu?' gofynnodd John.

'Be? Dro iawn? Nid llusgo'r creadur bach o un dafarn i'r llall a dod adra i falu platia?'

'Argol ia – ti rhy barchus a sidêt i ddod i yfad efo Toby a fi!'

Ac mi oeddan nhw'n frawd a chwaer yn chwerthin a checru a thynnu ar y naill a'r llall. Er, mi ddifrifolodd Helen ychydig wrth iddyn nhw adael y tŷ a dechrau cerdded i gyfeiriad yr afon.

'Mae'n rhaid i ti holi petha fel ti isio, 'sti. Unrhyw beth ti isio.'

Nodiodd John.

'Ond falla ddim i gyd efo'i gilydd,' ychwanegodd Helen. 'A falla nid rŵan.'

'Na, ddim rŵan. Mae 'na … mae 'na … mae 'na ormod.'

PENNOD 7

Am bron i bythefnos fe wnaeth John esgusodion i beidio gweld Rhian. Allai o ddim wynebu'r holl normalrwydd. Allai o ddim siarad efo hi am bethau mawr a phethau bach, am bethau oedd yn gyffredin i bawb ac yntau efo'r peth mawr 'ma nad oedd yn gyffredin i neb y tu mewn iddo. Ond nid teimlo fel lwmp trwm y tu mewn iddo oedd o, ond yn hytrach fel gwacter mawr. Swigen fawr o ddim byd a oedd yn disgwyl i gael ei llenwi â chwestiynau ac atebion. A doedd o ddim isio dechrau llenwi'r gwacter oherwydd wedyn fe fyddai yn lwmp trwm nad oedd posib cael gwared ohono.

Dyna pam na wnaeth o ofyn unrhyw beth i Helen. A wnaeth hithau ddim ei annog i ofyn unrhyw beth.

Ond mi oedd o'n gweld colli Rhian. Roedd ganddo hiraeth am ei cherddediad a'r ffordd roedd hi'n yfed paned, hiraeth am ei jôcs gwael diniwed, hiraeth am ei chroen. Felly fe aeth yn ôl ati hi ac at y croeso roedd o'n ei gael gan ei theulu yn y tŷ cyfforddus. Mi oedd hi'n gwybod bod yna rywbeth o'i le, fod yna rywbeth wedi digwydd, ei fod o wedi pellhau ac yna wedi dychwelyd, ond mi oedd hi'n ddigon call i beidio dweud dim byd. Neu efallai mai gwirion oedd hi. Ac fe aeth bywyd yn ei flaen. Ac yn ei lofft, ar y bwrdd ger erchwyn ei wely, roedd gan John lyfr nodiadau bychan, llyfr yr oedd o wedi'i brynu'n unswydd i drio rhoi trefn ar ei feddyliau a'i ofnau. A rhwng ei gloriau llwyd roedd yna restr hir o gwestiynau a'r rhestr hir yn tyfu'n hirach bob diwrnod. Roedd pob cwestiwn fel petai'n esgor ar o leiaf ddau gwestiwn arall. Ond wnaeth o ddim gofyn yr un ohonyn nhw, dim ond gadael i'r gwacter y tu mewn iddo dyfu a chysuro ei hun efo cwmni Rhian.

Mi wyddai Helen am y llyfr llawn cwestiynau ond wnaeth hi ddim dweud dim byd. Ac mi oedd hi mor brysur fel mai prin iawn roedd hi a John yn cael cyfle i eistedd a sgwrsio.

Mi oedd hi wedi llwyddo i gael gwaith o'r diwedd. Digwydd gweld y meddyg ddaeth at Gwen Davies wnaeth hi ac yntau'n sôn ei fod o a'i bartner angen rhywun i wneud gwaith swyddfa iddyn nhw.

'Mi wyt ti'n gall. Mi welis i hynny y noson y dois i draw at yr hen wraig.'

Ac erbyn hyn mi oedd Gwen Davies adref o'r ysbyty, a, chan nad oedd yna neb arall i wneud, Helen a John oedd yn cadw golwg arni. Allai hi ddim mynd i wneud neges na glanhau'r tŷ. Ac wrth gwrs, allai hi ddim mynd â Toby am dro, felly mi oedd hwnnw'n rhannu ei amser rhwng fflat Helen a John a gweddill y tŷ. Weithiau pan fyddai efo Gwen fe fyddai'n crafu'r drws isio cael ei ollwng i fynd lawr grisiau at Helen a John, a thro arall byddai'n penderfynu eu gadael nhw a rhedeg i fyny'r grisiau at ei berchennog.

Cwestiwn dibwys iawn oedd y cyntaf wnaeth John ei ofyn. Roedd hi'n ben-blwydd Helen, Rhagfyr y cyntaf. Gyda help Rhian fe ddewisodd John sgarff lliwgar yn anrheg iddi – glas a phiws a rhyw fymryn o oren. Roedd y sgarff yn plesio, fe fwytaodd Helen a John a Rhian gacen o flaen y tân a chwerthin lot, ac fe aeth Rhian adref. Roedd hi wedi dod draw ar gefn ei beic ac yn mynnu ei bod yn iawn yn reidio adref ar ei phen ei hun, cyn belled â'i bod hi'n cychwyn cyn iddi dywyllu a chyn iddi ddechrau rhewi. Unwaith mai dim ond nhw'u dau oedd ar ôl trodd John at Helen.

'Heddiw ydi dy ben-blwydd di go iawn?'

Chwarddodd Helen.

'Ia, siŵr. I be fyswn i'n newid hwnnw?'

'Ti wedi newid dy enw'n do?'

'Do. Weithiau mae angen. Ond dw i heb newid fy mhen-blwydd 'rioed.'

'Ac mi wyt ti wedi dathlu pob un?'

Ysgydwodd Helen ei phen. 'Ddim o bell ffordd. Ond dw i'n

dal i fwynhau gwneud pan dw i'n cael y cyfle. Ti isio mwy o gacan?'

'Os gweli di'n dda.'

Gafaelodd Helen yn y gyllell i dorri darn arall o'r gacen iddo ac yna stopio.

'Mi ddyla bod ni wedi gwadd Gwen Davies! Cer i ofyn ydi hi isio tamad o gacan pen-blwydd.'

Ac fe ddaeth Gwen i lawr y grisiau'n ofalus fraich ym mraich efo John a bwyta cacen ac yfed te efo'r ddau. Ac er mai hwn oedd y tro cyntaf iddi hi ddod draw i'r fflat er pan oeddan nhw'n byw yno, doedd o ddim yn teimlo felly. Sgwrsiodd am yn hir efo Helen am ei phlentyndod yn Sir Fôn, ac er na wnaeth honno esbonio dim byd wrthi hi, na hyd yn oed, i ddweud y gwir, ddatgelu faint roedd hi'n ei wybod am yr ardal, roedd hi'n amlwg yn gysur i'r hen wraig ei bod hi'n gyfarwydd ag enwau'r ffermydd ac enwau'r unigolion, a doedd hi ddim fel petai'n ei weld yn beth od.

'Sgynnoch chi hiraeth?'

'Nag oes. Dw i yma yng Nghaerdydd ers cyhyd.'

Derbyniodd ddarn arall o'r gacen a phaned arall o de.

'Er, dw i'n berchen darn bach o Sir Fôn.'

Am eiliad credai'r ddau mai siarad yn drosiadol yr oedd hi, ei bod hi ar fin dweud bod yna ddarn bach o'r ynys yn ei chalon am byth. Ac fe ddalltodd hithau be oedd y tu ôl i'w gwenau caredig.

'Nage! Perchen go iawn. Roedd gen i un cefnder ar ôl yna. Pan fu o farw, fi wnaeth etifeddu'r tŷ oedd ganddo fo ym Mhorth Amlwch. Mae'r pres rhent yn help mawr. Rhyngoch chi'ch dau a fanno ...'

Ond wyddai Gwen Davies ddim pwy oedd yn byw yn 83, Pen Cei hyd yn oed. Wnaeth hi ddim mynd i weld y tŷ ar ôl ei etifeddu, dim ond gadael i dwrna ac asiant edrych ar ôl popeth a derbyn yr arian yn flynyddol heb feddwl rhyw lawer amdano.

'Anodd i chi'ch dau ddallt, falla, ond mae fy mhlentyndod i mor bell yn ôl erbyn hyn, mi fyddai mynd i Borth Amlwch bron fel mynd i le nad ydw i wedi bod yno erioed.'

Edrychodd John arni hi am eiliad yn rhy hir.

'Pedwar ugain ac wyth,' arthiodd, 'i sbarin i ti ofyn.'

Dychmygodd yntau bedwar ugain ac wyth o benblwyddi, pedwar ugain ac wyth o flynyddoedd. Allai o ddim. Credai y byddai wedi hen ddiflasu erbyn cyrraedd yr oedran yna. Ac fe deimlodd ryw don sydyn o edmygedd tuag at Helen a'i gallu i fod yn frwdfrydig ynglŷn â chymaint o bethau ar ôl cymaint o flynyddoedd. Ac yna dychryn wrth iddo sylweddoli ei fod o bellach yn derbyn ei hoedran fel ffaith, fel rhan ddiymwad o'u bywydau.

'Reit, ddyn ifanc,' meddai Gwen, 'mi gei di fy hebrwng fyny'r grisiau 'na. Dyna un drwg heneiddio, dw i angen mynd i 'ngwely'n gynt.'

Roedd John yn falch o gael gadael yr ystafell. Ffarweliodd â Gwen wrth ei drws a bu ond y dim iddo beidio â dychwelyd i'r fflat at Helen. Ond fe wnaeth.

'Bron 'ti beidio dod yn ôl, yn do?'

'Sut oeddat ti'n gwbod?'

Cododd Helen ei hysgwyddau a dal ati i sychu a chadw'r llestri.

'Blydi gwrach!'

'Paid byth â 'ngalw i'n hynna. Byth!'

Gosododd Helen y gwpan olaf i grogi ar ei bachyn yn y gegin fechan. Safodd yno yn ei gwylio'n siglo yn ôl ac ymlaen cyn llonyddu, ac yna trodd at John.

'Dw i'n dy garu di. Beth bynnag sy'n digwydd, beth bynnag ti'n penderfynu ei wneud, dw i isio i chdi gofio hynny.'

Gallai John deimlo cwestiwn yn ffrwtian y tu mewn iddo. Fel arfer pan deimlai hyn mi oedd o'n ei rwystro, yn ei fygu, neu yn mynd i rywle arall, rhywle ymhell oddi wrth Helen, hyd nes bod y ffrwtian wedi tawelu. Cododd y cwestiwn o'i gylla i'w wddf ac yna mi oedd o allan yn yr awyr rhwng y ddau. Bron na allai ei weld yno fel cwmwl pigog.

'Ydw i fatha chdi?'

Petrusodd Helen. Rhoddodd y llian sychu llestri i grogi er mwyn ennill amser. Sychodd y diferion dŵr oddi ar y sinc er nad oedd hi'n trafferthu gwneud hynny fel arfer.

'Dw i ddim yn gwbod. Fyddan ni ddim yn gwbod nes dy fod ti ychydig yn hŷn, ddim nes y byddi di dros dy ddeg ar hugain mwyaf tebyg.'

Ailosododd y llian sychu llestri ar y bachyn fel bod y blodau yn wynebu ar i fyny.

'Fy ngreddf i ydi nad wyt ti.'

'Fyddai meddyg ddim yn gallu …?'

Ysgydwodd Helen ei phen a gwenu, neu o leiaf hanner gwenu.

'Be fysat ti'n ofyn iddo fo, Sionyn?'

Ac fe sylweddolodd John pa mor eithafol oedd yr unigrwydd, pa mor llydan ac uchel oedd y mur a oedd yn ei wahanu fo, yn eu gwahanu nhw'u dau, oddi wrth weddill y byd. Roedd hyn yn rhywbeth na allai ei drafod efo neb arall byth, oni bai …

'Oes yna bobl eraill fatha chdi?'

Roedd o wedi gofyn heb feddwl. Wnaeth o ddim hyd yn oed deimlo'r cwestiwn yna'n cyniwair yn ei gylla neu ei galon neu ei ben neu lle bynnag roedd cwestiynau yn deor. Am nad oedd Helen yn ei ateb fe'i gofynnodd eto.

'Oes yna bobl eraill fatha chdi?'

'Oes.'

Ac yna sylweddolodd Helen fod rhaid iddi hi ymhelaethu.

'Ond does gen i ddim cysylltiad efo nhw. Ddim ddeud gwir. Mae hi'n sefyllfa gymhleth.'

'Mi hoffwn i eu cyfarfod.' Ac er ei fod o'n dweud y geiriau mewn llais hollol gyffredin, roedd yna ran arall o John yn sylweddoli pa mor lloerig o od oedd y sgwrs. Swreal. Hurt bost. Gwallgof.

'Tydi hynny ddim yn bosib, gen i ofn. Ddim rŵan. Ond maen nhw'n bod, cred fi.'

Ac fe synnodd Helen pa mor agos at ddagrau oedd hi. Roedd hi'n credu ei bod hi wedi dygymod â'r sefyllfa. Ond roedd dweud hyn wrth ei mab wedi dangos pa mor denau oedd y croen dros y graith. Gorfododd ei hun i edrych arno – ar ei gorff, ei groen, ei wyneb, ei wallt – ac fe sadiodd hynny hi. Fel y gwnâi bob tro, fel yr oedd wedi'i wneud o'r diwrnod cyntaf un.

'Ond os oes gen ti gwestiynau eraill mi wna i ateb rheini. Neu drio'u hateb.'

Ysgydwodd John ei ben.

'Ddim rŵan.'

Cofleidiodd ei fam ac am ryw reswm mi oedd o'n ymwybodol gymaint mwy oedd o na hi erbyn hyn, fodfeddi'n dalach na hi. Ac mi oedd hithau'n ymwybodol pa mor fach oedd hi.

'Ti llawer mwy na fi erbyn hyn, yn dwyt?'

'Yndw. O ystyried mai fi ydi'r brawd bach!'

Ac fe chwarddodd y ddau, ac am eiliad doedd y byd ddim yn lle mor unig, a ddim yn lle mor wallgof, ac am eiliad roedd yna ychydig llai o hiraeth. Aeth y ddau i'w gwlâu a chyn iddo ddiffodd y golau a mynd i gysgu fe roddodd John linell trwy ddau o'r cwestiynau yn ei lyfr bach ac ychwanegu un arall at y rhestr. Gorweddodd Helen yn effro yn y tywyllwch am yn hir yn gwrando ar ddwy gath yn cwffio yn rhywle yng nghefnau'r tai, ac yn gwrando ar lais rhywun yn dweud wrthi drosodd a throsodd, 'Fe fydd yn rhaid i ti wneud hyn dy hun'. Distawodd y cathod ac fe atebodd Helen y llais.

'Na, tydw i ddim yn ei wneud o ar fy mhen fy hun. Wnest ti 'rioed ddallt hynny, naddo?'

Pennod 8

Weithiau, fel pob mam, fel pob chwaer fawr, mi oedd Helen yn genfigennus o Rhian. Neu yn credu nad oedd hi hanner digon da – y dylai eu mab neu eu brawd, dyn arbennig ac unigryw, y dyn gorau yn y byd, fod wedi dewis gwell cymar. Ond teimladau oedd yn dod pan oedd hi ar ei phen ei hun oedd y rhain. Pan fyddai'n gweld John a Rhian efo'i gilydd allai hi ddim llai na rhyfeddu. A chenfigen o fath gwahanol a deimlai'r adeg honno, ac atgofion am Llew ac ambell un arall yn bwydo'r fflamau. Ac wrth gwrs, fe deimlai ryw egin arswyd nad oedd hi'n fodlon ei gydnabod.

Doedd John, wrth gwrs, ddim yn sylweddoli bod ei gariad mor arbennig. Credai mai fel hyn y teimlai pawb. Ond mi oedd o'n credu bod Rhian yn arbennig, nad oedd yna neb tebyg iddi'n bodoli ar wyneb daear. Ac wrth i'r misoedd fynd heibio tyfu wnâi'r teimladau hynny.

Yn ystod yr haf hwnnw cafodd John a Rhian eu gwadd i ddwy briodas. Cyd-weithiwr i John oedd un a chyfneither Rhian oedd y llall. Yn y ddwy mi oedd yna bobl yn tynnu arnynt mai y nhw fyddai nesaf. Ac yn syndod o aml byddent yn pasio siopau gemwaith a'r ddau'n aros ac yn edrych yn y ffenest ac yn esgus bod ganddynt gymaint o ddiddordeb mewn watshys ag oedd ganddynt mewn modrwyau, ac yn esgus mai cyd-ddigwyddiad oedd hi eu bod nhw wedi pasio'r lle beth bynnag. Ystyriodd John y llwybr hollol ymarferol a gadael iddi ddewis ei modrwy ac yna talu amdani, ond fe wyddai na fyddai hynny'n plesio. Roedd Rhian isio'r rhamant, ac oherwydd ei bod hi isio rhamant mi oedd o isio rhoi hynny iddi hi. Felly, ar ôl iddo gynilo digon o arian fe aeth i un o'r siopau hynny a phrynu modrwy. Fe brynodd y ddrytaf o'r modrwyau yr oedd hi wedi'u hedmygu ac yna treulio tridiau yn poeni bob eiliad ei fod o wedi'i cholli hi. Doedd o ddim yn hapus os nad oedd y fodrwy, yn ei bocs bach lledr coch, yn ddiogel yn ei boced – doedd o ddim yn meiddio ei gadael yn ei lofft; a phan oedd hi yn ei boced doedd o ddim yn hollol hapus os nad oedd ei law yn cyffwrdd â'r bocs. Dyna pam na wnaeth o drefnu rhyw ddigwyddiad mawr rhamantus, dim ond gofyn yn syml a brysiog ryw bnawn Sadwrn a'r ddau ohonynt yn eistedd ar fainc mewn parc. Mi dderbyniodd, wrth gwrs.

'Fe awn ni â chi mas am bryd i ddathlu,' oedd ymateb tad Rhian.

'A dy chwaer, wrth gwrs,' ychwanegodd ei mam.

Ac felly, fe dreuliodd Helen gyda'r nos mewn gwesty na fyddai wedi gallu fforddio mynd iddo fel arall yn cyd-weld ei bod yn resyn na fyddai ei rhieni yn gallu gweld ei brawd bach yn priodi.

'Diolch,' meddai John yr eiliad yr oedd y ddau ohonynt ar eu pennau'u hunain yn cerdded am adref.

'Diolch am be?'

'Am fy helpu i i gael bywyd normal. Dyna'r cwbl dw i isio, 'sti – bywyd normal.'

Diolchodd Helen ei bod hi'n tywyllu a'u bod nhw'n cerdded ochr yn ochr fel na allai o weld ei hwyneb yn iawn. Rhoddodd ei braich trwy ei fraich yntau a chlosio ato, a phan gyrhaeddodd y ddau y fflat fe fynnodd mai hi fyddai'n picio allan efo Toby er mwyn iddo fo gael pi-pi. Pan ddaeth yn ôl tynnodd becyn bychan wedi ei lapio mewn darn o bapur allan o'i bag. Ynddo roedd darn sylweddol o stêc ac fe roddodd hwnnw i'r ci bach barus. Chwarddodd John.

'Dynas anonast!'

'Ddim ddeud gwir. Oddi ar fy mhlât i ddaeth o. Wnes i ddim sleifio i'r gegin a'i ddwyn!'

'Edrych ar ein hola ni i gyd, yn dwyt?'

Wnaeth Helen mo'i ateb, dim ond symud o gwmpas y fflat yn gwneud rhyw fân swyddi fel petaen nhw'n bethau pwysig iawn i'w gwneud cyn iddi hi fynd i'w gwaith yn y bore. Ac efallai eu bod nhw.

Roedd hi'n mwynhau ei gwaith. Chydig iawn roedd hi'n ei weld ar y ddau feddyg, ac i'r cleifion doedd hi'n neb ond llais ar y ffôn neu weithiwr dibwys yn y swyddfa a oedd yn fur rhyngddyn nhw a'u meddyg. Petai hi'n gadael fory nesa fyddai 'na ddim llawer o neb yn sylwi cyn belled bod yna rywun arall yr un mor effeithlon yn cymryd ei lle. Ac mi oedd hynny'n ei siwtio i'r dim.

Nid felly y bu hi'n byw ei bywyd erioed. Roedd yna adeg pan oedd hi'n gwneud mwy efo pobl. Roedd hi'n haws diflannu ac ailymddangos ers talwm. Neu efallai mai hi oedd yn cofio pethau felly. Roedd yna ddigon o beryglon wedi bod yr adeg honno hefyd. Ond doedd hi ddim yn gyfrifol am neb heblaw hi ei hun yr adeg honno.

Aeth i gloi'r drws cefn cyn mynd i'w gwely. A chyn ei gloi agorodd ef led y pen a sefyll yno yn yr oerni gan syllu ar yr awyr. Roedd yna ryw fymryn lleiaf o law mân yn disgyn erbyn hyn a gwynt o'r dwyrain yn ei chwythu yn ei herbyn. Gadawodd iddo daro yn erbyn ei hwyneb a'i rhwystro rhag hel meddyliau. Byddai wedi hoffi tynnu amdani'n llwyr a sefyll allan yn y glaw yn noeth lymun fel nad oedd yna ddim byd yn ei meddwl ond gwlybaniaeth ac oerni. Rhywbryd. Efallai. Caeodd y drws a'i gloi.

Clywodd John hi'n cau'r drysau ac yn cerdded o'r stafell fyw i'w llofft ei hun, a dychmygu sut y byddai'n teimlo yn gorwedd yn ei wely ac yn clywed Rhian yn cloi'r drysau ac yn stwna'n gwneud hyn a'r llall cyn dod i'w gwely. Efallai, petaen nhw'n cael tŷ, y byddai'n gorwedd yn ei wely yn ei chlywed yn dod i fyny'r grisiau i'w gyfeiriad. Roedd ganddo gof o orwedd yn ei wely ym Mhenrhyndeudraeth a chlywed ei fam yn dod i fyny'r grisiau i'w gwely. A mwyaf sydyn, roedd o isio i hynny ddigwydd mor fuan â phosib. Doeddan nhw heb drafod dyddiad y briodas. Rhywbeth a fyddai'n digwydd rhywbryd oedd y briodas. Synnodd John nad oedd neb wedi holi. Ond ar ôl iddo weld Rhian fory fe fyddai ganddo ateb iddynt petaent yn holi. Dyna'r peth cyntaf y byddai'n ei ofyn pan welai o hi fory.

Ond os nad oedd neb arall wedi holi, fe wnaeth Gwen Davies iawn am hynny pan aeth â Toby i fyny ati'n y bore trwy ei groesholi. Roedd yna batrwm wedi'i sefydlu bellach – fod Toby efo Helen a John pan oeddan nhw adref, ond ei fod o'n mynd i fyny'r grisiau at yr hen wraig pan oeddan nhw'n gweithio. Byddai John yn mynd â fo i fyny bob bore ar ôl bod â fo am dro bach sydyn o gwmpas y parc a Helen yn cyrraedd adref ganol pnawn ac yn ei nôl. Golygai hynny eu bod nhw'n ei gweld hi ddwywaith y dydd, a chyda hithau yn mynd yn fwy a mwy bregus credent fod hynny'n beth da.

'Dw i wedi dyweddïo,' meddai John wrthi yn y bore.

'Yr hogan 'na efo'r sgert smart?'

Roedd Gwen Davies wedi cyfarfod â Rhian unwaith ac wedi dotio efo'r sgert roedd hi'n ei gwisgo y diwrnod hwnnw, ac felly roedd hi'n cyfeirio ati wedyn.

'Ia, Rhian.'

'Felly pryd 'dach chi'n priodi?'

''Dan ni heb benderfynu eto, 'chi.'

'Well 'ti neud. Does yna'r un ddynas yn licio dyweddïad sy'n llusgo 'mlaen am flynyddoedd a blynyddoedd.'

Chwarddodd John – doedd hi ddim hyd yn oed yn wythnos ers iddo roi'r fodrwy i Rhian. Ac eto, efallai fod yr hen wraig yn iawn – be oedd pwrpas gogr-droi? Fe fyddai angen cynilo chydig o arian, ond mi oedd o'n reit dda am wneud hynny.

Pan ddaeth Helen adref y pnawn hwnnw newidiodd o'i dillad gwaith a mynd i fyny'r grisiau i nôl y ci. Rhoddodd gnoc ar y drws fel arfer gan ddisgwyl i Gwen alw arni i ddod i mewn fel arfer, ond ni ddaeth ateb. Aeth i mewn beth bynnag a'i gweld hi'n cysgu yn ei chadair a Toby wrth ei thraed. Mi ddeffrodd ond roedd hi braidd yn ffwndrus ac yn welw iawn.

'Mi ddo i â bwyd i fyny i chi. Dw i wedi gwneud llond sosban o lobsgows.'

Ond pan aeth Helen i fyny i nôl y ddysgl yn nes ymlaen prin yr oedd hi wedi bwyta dim ohono, er ei bod hi'n mynnu ei bod yn hollol iawn ac nad oedd isio iddyn nhw wneud ffŷs. Felly y bu pethau am chydig ddyddiau – prin roedd Gwen yn bwyta ac eto roedd hi'n mynnu ei bod yn iawn; a phan fyddai'n codi o'i chadair roedd hi'n ymddangos yn llawer mwy bregus nag arfer.

'Faint ydi'i hoed hi?' holodd John. 'Oedd hi'n deud gwir diwrnod o'r blaen?'

'Wn i'm,' atebodd Helen a oedd ar ganol darllen y papur.

'Wyt, ti'n gwbod.'

'Deg a phedwar ugain.'

A'r bore wedyn wnaeth Gwen Davies ddim codi o'i gwely, a phan aeth Helen i'w gwaith fe drefnodd fod y meddyg yn galw i'w gweld. Wnaeth hi ddim hyd yn oed trafod hynny efo Gwen. A wnaeth y meddyg ddim trafod llawer efo Gwen na Helen. Pan ddanfonodd Helen o at y drws fe siaradodd ychydig yn fwy.

'Fe fydd hi angen gofal yn yr wythnosau nesaf. Oes ganddi fodd i dalu rhywun?'

Cododd Helen ei sgwyddau.

'Dw i ddim yn credu. A does yna ddim teulu hyd y gwn i.'

Safodd Helen a'r meddyg ar stepen y drws yn edrych ar y glaw ac yn meddwl am farwolaeth.

'Mi allen ni ddod i ben â hi petaet ti ond yn dod i mewn am ryw ddwyawr am ryw bythefnos neu dair wythnos. Dw i ddim yn meddwl y bydd o llawer hirach na hynny.'

Doedd o ddim hyd yn oed yn bythefnos. A doedd yna neb efo Gwen Davies pan fu hi farw, dim ond Toby yn belen fach lonydd wrth ei hochr ar y gwely. Roedd Helen wedi picio i lawr y grisiau i'w fflat. Wnaeth hi ddim byd ond gosod tân oer er mwyn i John allu ei gynnau pan fyddai o'n dod adref a gafael yn ei gweu fel na fyddai'n gwastraffu ei hamser wrth erchwyn y gwely, ond erbyn iddi fynd yn ôl i fyny'r grisiau yr unig un ar y gwely a oedd yn anadlu oedd Toby. Synnodd Helen nad oedd y ci wedi sylweddoli. Ond efallai ei fod o wedi sylweddoli, ac mai ei ymateb oedd dal ati i orwedd yno wrth ochr y corff.

Nid oedd Helen wedi diweddu neb ers talwm, ddim ers ymhell cyn i John gael ei eni. Synnodd ei bod yn ei dagrau wrth olchi ei chorff a chribo'i gwallt. Gwnaeth ddwy blethen fel petai hi'n hogan fach, ac yna eu datod a'u hailffurfio'n fynsan dwt fel yr arferai Gwen Davies wisgo'i gwallt pan oedd hi'n oedolyn. Ac mi oedd hi wedi synnu ei bod yn crio yn y cynhebrwng wrth i'r gweinidog, nad oedd yn adnabod Gwen Davies, 'ddiolch i Dduw bod ein hannwyl chwaer wedi cael bywyd mor hir'. Edrychodd ar John wrth ei hochr a sylwi ar flewyn gwyn yn ei wallt, dau neu dri blewyn gwyn a dweud y gwir, uwchben ei glust chwith. Cyffyrddodd â hwy'n ysgafn ac fe ddaeth dagrau eraill i redeg yn gyfochrog â'r dagrau am Gwen Davies. Criw bychan iawn oedd yn y cynhebrwng: Helen a John ac ambell un arall oedd yn byw ger Clare Gardens ac a oedd yn cofio Gwen yn cerdded efo Toby yn y parc. Roedd yna un dyn dieithr yno – gŵr trwsiadus yr olwg a ddaeth i gyflwyno ei hun i Helen a John ar ddiwedd y gwasanaeth byr.

'Dewi Watkin,' meddai gan ymestyn ei law i Helen ac yna i John, 'cyfreithiwr Miss Davies. Mi fydda i mewn cysylltiad efo chi'n fuan. Ynglŷn â threfniadau Miss Davies ar gyfer yr eiddo'n de.'

Cerddodd y ddau adref heb siarad, newid o'u dillad parch, tynnu tennyn Toby i lawr oddi ar gefn y drws a mynd â fo am dro. Safodd y ddau'n ei wylio'n chwarae efo daeargi bach gwyn ar ryw ddarn o dir wast wrth yr afon.

'Gobeithio y cawn ni ei gadw fo'n de,' meddai Helen.

'Fwy o obaith o'i gadw fo na chadw'r fflat, beryg,' atebodd John.

Fel sawl twrna nid oedd Dewi Watkin yn symud yn sydyn

iawn, ond ymhen ychydig dros dair wythnos daeth llythyr yn rhoi rhybudd iddyn nhw adael y fflat ymhen deufis. Roedd o hefyd yn gwahodd Helen i'w swyddfa i drafod rhyw faterion eraill oedd yn yr ewyllys. Ceisiodd John ymddwyn fel pe na bai'n poeni mai hi yn unig oedd wedi cael gwahoddiad.

'Cer di. Gei di ddeud wrtha i be sgynno fo i ddeud.'

Felly ei hun yr aeth Helen. Cerddodd i fyny'r grisiau at y drws du â'r plât pres wrth ei ochr. Doedd hi heb gael llawer iawn o gyswllt gyda chyfreithwyr, ond mi oedd hi'n teimlo'n anghyfforddus bob tro. Rhan o'r sefydliad oeddan nhw a doedd y sefydliad byth yn hoff o'r gwahanol.

'Tydi o'n gwbod dim byd amdanat ti,' meddai wrthi'i hun dan ei gwynt cyn canu'r gloch ac aros i ryw gyw twrna ddod i agor y drws du a'i harwain i fyny'r grisiau i swyddfa Dewi Watkin.

'Steddwch.'

Eisteddodd hithau yn y gadair yr ochr arall i'r ddesg.

'Diolch i chi am ddod draw.'

'Wnes i ddim ystyried gwrthod.'

Gwnaeth yntau ryw sŵn yn ei wddf wrth sbrotian yng nghanol y ffeiliau ar ei ddesg. O'r diwedd cafodd hyd i'r hyn yr oedd o'n chwilio amdano ac eistedd yn ôl yn ei gadair gyferbyn â Helen.

'Mae 'na dair rhan o'r ewyllys sy'n berthnasol i chi. Gwerthiant y tŷ yn Clare Gardens ydi un, sy'n golygu y bydd rhaid i chi a'ch brawd ymadael â'r eiddo. Mi ydach chi wedi derbyn llythyr i'r perwyl, yn do?'

'Do.'

'Y peth nesaf y mae'n rhaid i mi ei wneud yw gofyn a ydych chi a'ch brawd yn fodlon gofalu am y ci am weddill ei oes.'

'Ydan tad, lle bynnag byddan ni'n de.'

'Os felly mae'r drydedd ran yn berthnasol. Ar yr amod eich bod yn edrych ar ôl y ci fe fyddwch chi'n etifeddu'r eiddo ym Mhorth Amlwch.'

Mynegodd Helen syndod. Ond roedd Dewi Watkin yn rhy broffesiynol neu'n rhy brysur i drafod pam.

'Mae gen i ddogfennau wedi'u paratoi i drosglwyddo'r eiddo. Os fysach chi mor garedig a'u harwyddo.'

'Fydd angen i John wneud?'

'Na, na – yn eich enw chi fydd y tŷ.'

Dewisodd Helen ffordd hir i gerdded adref. Roedd hi isio meddwl. Allai hi ddim twyllo John y tro yma. Nid hogyn pymtheg oed oedd o erbyn hyn. Ond mi oedd hi wedi bod yn dechrau meddwl ers tipyn ei bod hi'n bryd iddi symud o Gaerdydd. Weithiau roedd hi'n syniad symud cyn i bobl ddechrau sylwi. Ac roedd y tŷ 'ma yn Sir Fôn yn rhoi proc iddi hi, yn gyfle. Roedd Dewi Watkin wedi esbonio bod y tŷ'n wag ar hyn o bryd ond y byddai posib cael gafael ar denant os nad oeddan nhw am fynd i fyw yno'u hunain. Hira'n byd yr oedd hi'n byw, mwya'n byd y credai Helen mewn ffawd. Roedd hi'n sicr y byddai hi'n mynd i fyw i Borth Amlwch. Doedd hi ddim yn sicr a fyddai John yn dod efo hi. Roedd hi'n amau na fyddai John isio gadael Caerdydd erbyn hyn.

A dyna hi wedi'i ddweud o. Wedi cyfaddef mai ar ei phen ei hun y byddai hi'n symud y tro hwn. Roedd hyn wedi digwydd mor sydyn – un munud roedd o'n fabi, yn fabi yn ei chroth, yn fabi ar ei bron, a'r munud nesaf fe fyddai'n rhaid iddynt wahanu. Sut ddiawl wnaeth hi ddim rhagweld hyn? Edrychodd ar groen llyfn cefn ei dwylo. Trodd ei llaw chwith drosodd ac edrych arni. Roedd yno linellau fel pawb arall. Cofiodd, ryw ddeg mlynedd ar hugain cyn geni John, fynd efo criw o ffrindiau mewn ffair at sipsi a oedd yn honni darllen ffortiwn. Wfftio'r peth oeddan nhw i gyd a chwerthin cyn mynd i mewn bob yn un i'r babell fechan lle eisteddai'r sipsi, os sipsi oedd hi. Gafaelodd honno yn llaw Helen a'i throi drosodd a gwelwi. Llwyddodd y ddynes darllen ffortiwn i dawelu ei hun a dweud rhywbeth annelwig am fywyd hir, ond roedd wedi bod yn amhosib iddi gelu'r ofn a'r penbleth a deimlodd. Wrth i Helen godi i adael y babell gafaelodd y wraig yn ei llawes.

'Mi fydd gen ti benderfyniad anodd i'w wneud yn y dyfodol. Mi fydd rhaid i ti roi buddiannau rhywun arall yn gyntaf. Pob lwc, 'mach i.'

Pan ddaeth John adref o'i waith mi ddywedodd wrtho ei bod hi bellach yn berchen ar dŷ yn Sir Fôn. Gwyliodd ei wyneb yn ofalus wrth iddi ddweud wrtho, ond y cwbl wnaeth John oedd gwenu a dweud, 'Chwarae teg i'r hen Miss Davies, yn de.'

Ac yna ychwanegodd, 'Ond biti 'sa hi wedi gadael hwn i ni. Mi fyswn i a Rhian yn gallu byw fyny grisia a chditha aros lawr yn fama.'

'Fysa hynny ddim yn gweithio, yn na fysa, Siôn bach?'

Edrychodd arni am funud a'i wyneb bron yn gwbl ddifynegiant wrth iddo wrthod derbyn yr hyn a wyddai oedd yn wir.

'Mi fysa'n iawn, 'sti. Mi allwn i esbonio wrth Rhian.'

'Ac esbonio wrth ei theulu? A finna esbonio wrthyn nhw yn y syrjeri? A phawb arall?'

'Pam lai?'

'Tydi o ddim yn bosib. Tydi o 'rioed wedi bod yn bosib.'

'Os nad wyt ti wedi gwneud erioed sut wyt ti'n gwbod na fysa fo'n gweithio?'

Petrusodd Helen. Roedd hi'n syndod cyn lleied o gwestiynau roedd John wedi'u holi er ei fod fel petai'n deall ac yn derbyn. Ymddangosai fel petai'n fodlon delio â phroblemau byw o ddydd i ddydd heb ystyried goblygiadau hir dymor unrhyw beth. Nid athronydd oedd ei mab, ond yn hytrach dyn syml, ymarferol. Fe fyddai Llew wedi gwneud tad da iddo – dau ddyn call. Wedi gorfod dysgu bod yn gall ac ymarferol a chaled oedd hi, dysgu bod felly er mwyn goroesi.

'Mi ydw i am fynd i fyw i Borth Amlwch. Mi gei di benderfynu be ti am neud.'

'Os dw i fatha chdi …'

Torrodd Helen ar ei draws.

'Dwyt ti ddim.'

Rhedodd ei llaw yn ysgafn dros yr ychydig flew gwyn uwchben ei glust chwith a sylwi bod yna hefyd ambell un wedi ymddangos yn nes at ei gorun. Roedd o'n ifanc iawn i fod yn dechrau brithio, ond o leiaf mi oedd o'n arwydd gweledol clir, yn rhywbeth na ellid dadlau â fo.

'Ac fe gest ti ddannodd wythnos ddiwetha'n do? Dw i 'rioed wedi cael dannodd. Dwyt ti ddim fatha fi, Sionyn.'

'Dw i fatha 'nhad felly.'

Nid cwestiwn oedd o. Ond wnaeth yr un o'r ddau barhau â'r sgwrs.

Treuliodd John bob munud posib efo Rhian yn ystod y dyddiau nesaf. Prin y gwnaeth o fwyta adref efo Helen. Byddai'n dychwelyd adref yn hwyr ac yn mynd yn syth i'w wely, ac yn gadael yn gynnar am ei waith heb brin dorri gair â hi. Ceisiodd hithau godi sgwrs ac annog trafodaeth, ceisiodd ddarganfod be oedd yn mynd trwy'i feddwl. Roedd posibilrwydd, wrth gwrs, mai treulio amser efo Rhian am mai hwn oedd ei gyfle olaf oedd o a'i fod yn bwriadu dod efo hi i Sir Fôn. Os felly, roedd hi isio gwneud yn siŵr ei fod o'n deall mai torri cysylltiad am byth fyddai hynny. Ar ôl ychydig allai hi ddim dioddef mwy.

'Stedda lawr!'

'Ond dw i'n cyfarfod …'

'Ddim heno. Ddim nes y byddan ni wedi cael sgwrs. Stedda!'

Ac fe eisteddodd. Ac fe esboniodd hithau fod posib iddynt ddiflannu efo'i gilydd, neu y gallai hi wneud ar ei phen ei hun.

'A be dduda i wrth bobl os wyt ti'n diflannu?'

'Feddylian ni am rwbath. Tydi o ddim yn anodd. Mae gan bobl lai o ddiddordeb ym mywydau pobl eraill na fysat ti'n ei gredu, 'sti.'

'Mi fyswn i'n dy weld ti, yn byswn? Tydi Sir Fôn ddim yn bell.'

Ysgydwodd Helen ei phen.

'Na. Tydi hynny byth yn gweithio.'

Allai hi ddim esbonio pam. I be y byddai hi'n dweud straeon felly wrtho fo? Ond mi oedd hi'n hollol bendant – fe fyddai torri cysylltiad llwyr rhwng y ddau ohonynt pan fyddai hi'n mynd i Sir Fôn. Neu fe fyddai'n dod efo hi i ailddechrau eto, ac yn torri pob cysylltiad efo Rhian.

Wnaed dim penderfyniad ar y pryd ac ni thrafodwyd y peth am wythnos a mwy. Ond yna, un gyda'r nos fe drodd John ati cyn rhoi ei gôt amdano a gofyn cwestiwn.

'Pwy sy'n mynd i gael Toby?'

Fel petai hynny'r peth pwysicaf i'w drafod. Ond nid trafod y ci oedd o, wrth gwrs, ond yn hytrach dweud, heb ddweud, mai aros yng Nghaerdydd, aros efo Rhian, oedd ei benderfyniad.

PORTH AMLWCH A CHAERDYDD

Pennod 9

Roedd y noson gyntaf yn y tŷ yn Pen Cei yn erchyll. Nid fod y lle'n anghysurus. Roedd o wedi'i ddodrefnu a doedd hi ddim yn oer. Ond fe fyddai wedi bod yn well ganddi gysgu mewn pabell ganol mis Ionawr efo John wrth ei hochr nag yn y tŷ yma ar ei phen ei hun. Cododd o'i gwely, lapio ei hun mewn blanced, a mynd i eistedd ar sìl y ffenest. Tynnodd y llenni y tu ôl iddi fel ei bod mewn rhyw dir neb rhwng defnydd a gwydr. Gallai weld yr harbwr o fanno a'r cychod wrth eu hangor a'r cei yn wag o bobl. Roedd hi'n dal wrth y ffenest yn y bore bach pan ddaeth rhyw ddau neu dri, ac yna bedwar neu bump, o ddynion i lawr at y dŵr a dechrau gwneud beth bynnag y mae llongwyr a physgotwyr yn ei wneud cyn hwylio. Wyddai hi ddim a fydden nhw'n hwylio hyd yn oed. Roedd popeth mor wahanol i'r ddinas, a doedd hi heb fyw wrth y môr ers blynyddoedd. Wrth gwrs, mi oedd Caerdydd a Phenrhyndeudraeth yn dechnegol wrth y môr, ond doeddan nhw ddim yn teimlo felly, ddim fel fan hyn a'i borthladd bychan.

Dychwelodd i'w gwely a chysgu'n drwm a breuddwydio am fordaith ganrifoedd yn ôl. Ac am eiliad pan ddeffrodd doedd hi ddim yn gwybod lle roedd hi, roedd y freuddwyd wedi bod mor fyw. Ond yna fe sylweddolodd fod y golau a oedd yn llenwi'r ystafell yn dod o lamp drydan fechan wrth ochr y gwely, yn hytrach na chanhwyllau, a'i bod hi'n gallu clywed sŵn lori. Doedd y noson ganlynol fawr gwell, na'r noson wedyn. Bu bron iddi brynu tocyn trên a dychwelyd i'r de. Ond yn raddol trodd yr archoll gwaedlyd yn lwmp poenus, yn gasgliad llawn crawn o dan y croen.

Creodd stori fel roedd hi'n ei wneud bob tro. Plethodd y gwir i mewn i'r stori.

'Etifeddu fama wnes i – roedd hi'n hen ferch ac mi wnes i ofalu amdani.'

Ac fe ddywedodd gelwydd.

'Doedd yna ddim byd i fy nghadw i lle roeddwn i.'

Roedd ei gorffennol newydd yn tyfu fel y gwnâi bob tro. Tyfu bob yn dipyn gan ddisodli'r hyn a ddigwyddodd go iawn. Ond wrth gwrs, hanner celwydd wedi'i greu oedd y bywyd cynt. Weithiau roedd hi'n mwynhau'r agwedd hon o'i bywyd, ond y tro hwn roedd o'n anodd. Gwisgodd y fodrwy a gafodd gan Doris ym Mhenrhyndeudraeth ac mi oedd hi'n weddw unwaith eto.

'Gawsoch chi ddim plant?' holodd Greta, ei chymydog newydd.

Gwadu fuasai'r peth call ond allai hi ddim gwneud hynny.

'Do, ond …'

Ac wrth iddi oedi a brathu ei gwefus fe gymerodd Greta glên, gyfeillgar ei bod hi wedi colli plentyn. Ac felly y bu Sionyn farw.

Nid oedd Helen erioed wedi rhoi dim byd ar glawr wrth greu'r bywydau hyn. Doedd dim angen. Ac wrth gwrs, y troeon cyntaf y bu rhaid iddi hi ei wneud mi oedd hi'n anllythrennog. Roedd hi 'mhell o fod yn anllythrennog erbyn hyn – fe fyddai hynny'n gwneud bywyd yn anodd ac yn denu gormod o sylw, ac roedd hi'n mwynhau gallu darllen a sgwennu. Roedd hi wedi mwynhau hynny o'r dechrau un, ac ar adegau wedi cymryd mwy o fantais o'r peth. Ond roedd yn well ganddi ddibynnu ar ei chof. Roedd y stori, pa bynnag stori oedd hi, yn tyfu'n rhan fwy creiddiol ohoni felly.

Safodd yn y llofft yn brwsio'i gwallt tywyll ac yna'i blethu a'i glymu'n gwlwm twt. Roedd hi'n gwneud ei gwallt yn union yr un ffordd ag y gwnaeth wallt Gwen Davies am y tro olaf ac mi oedd hi wedi bod yn gwneud ei gwallt fel hyn ers yn rhy hir. Weithiau roedd hi'n hawdd anghofio newid pethau amlwg. Edrychodd allan trwy'r ffenest a gweld Greta, â'i chyrls cwta ffasiynol, yn tannu dillad ar y lein yng ngardd drws nesaf – rhes hir o grysau a dillad isaf yn gwatwar y ddau ddilledyn oedd ar lein Helen. Rhedodd i lawr y grisiau, allan trwy'r drws cefn ac at y gwrych isel.

'Greta! Lle ti'n cael torri dy wallt? Dw i wedi cael digon ar hwn.'

Ceisiodd Greta'i pherswadio i bedio â'i dorri.

''Sat ti'n gallu neud rwbath gwahanol, peidio'i blethu, ei godi …'

Chwifiodd Greta'i dwylo yn yr awyr uwch ei phen i gyfleu rhywbeth nad oedd ganddi enw iddo.

'Dw i isio newid.'

Ac fe wnaeth cymydog newydd Helen gyd-weld bod angen newid weithiau, bod newid gwallt yn gallu codi hwyliau merch, ac argymell ei bod hi'n mynd i siop fechan oedd yn cael ei chadw gan hogan o'r enw Elizabeth. Y pnawn hwnnw eisteddodd Helen yn y gadair yn gwrando ar sŵn y siswrn yn torri, torri, torri ac yn anwybyddu parablu Elizabeth.

'Dyna chi,' meddai honno o'r diwedd. 'Dw i'n meddwl ei fod o'n siwtio chi.'

Gwenodd Helen ar ei hadlewyrchiad yn y drych a gwenu wrth edrych ar ei gwallt yn cael ei sgubo oddi ar lawr y siop a'i daflu i'r bin.

Pennod 10

Roedd Helen wedi aros yng Nghaerdydd ar gyfer y briodas, ac yna gadael yn ei dagrau am ei bod wedi cael cynnig gwaith yng Nghanada yn gwarchod plant rhyw gyfyrder iddyn nhw.

'Mi wnes i sôn amdano fo rhywbryd,' meddai John.

'Falla na wnaethon ni sôn amdano fo, 'sti,' meddai Helen.

'Do, do, wy'n cofio nawr,' meddai Rhian.

Wnaeth Helen ddim hyd yn oed dal ei lygad, ond fe deimlai John yn euog. Pan oeddan nhw ar eu pennau'u hunain wedyn a Rhian wedi mynd adref, mi geisiodd esbonio nad oedd o isio dweud celwydd wrth Rhian.

'Dw i isio i bob dim fod yn onast rhwng Rhian a finna. Dw i ddim isio celu dim byd oddi wrthi hi.'

'Ond mae'n rhaid i ti. Dyna sut wyt ti'n ei gwarchod hi.'

A gwarchod Rhian roedd o isio'i wneud fwy na dim byd. Nid dim ond ei gwarchod oddi wrth odrwydd a chelwydd Helen, ond ei gwarchod oddi wrth bawb a phopeth. Roedd bod yn briod â Rhian yn wych, yn well nag yr oedd John wedi'i ddychmygu hyd yn oed. Roedd yna hyd yn oed ddyddiau, wel, oriau o leiaf, pan fyddai'n gallu anghofio am Helen. Ond rhyw ben bob dydd byddai'n cofio. Os byddai'n lwcus ni fyddai Rhian yn yr ystafell ac fe allai adael i'r don fynd trosto heb i neb weld ei heffaith. Wyddai o ddim ai ton o hiraeth neu don o ddicter oedd hi. Efallai nad oedd hi'n ddim mwy na thon o ddiffyg deall ac o deimlo diffyg rheolaeth, ton o fod isio bod fel pawb arall. Ond mi wyddai Rhian ei fod o'n gweld colli ei chwaer.

'Wneith hi ddim aros yno am byth, mae'n siŵr, ac mi allwn ni hel ein harian a mynd draw yno i'w gweld hi.'

Ffugiodd yntau frwdfrydedd ond ar yr un pryd pwysleisio bod yna bethau eraill y dylent gynilo eu harian ar eu cyfer.

'Wyt ti wedi ysgrifennu ati hi?'

Ysgydwodd yntau ei ben.

'Wel gwna. Ti fel babi bach yn pwdu! Wyt ti isie i fi ysgrifennu ati hi?'

Nag oedd o. Nag oedd yn sicr. Ac felly y dechreuodd John ysgrifennu llythyrau a'u postio i gyfeiriad yng Nghanada nad oedd yn bodoli. Efallai, teimlodd, wrth wthio'r trydydd llythyr i mewn i'r blwch post, ei fod o'n eu hanfon at berson nad oedd yn bodoli. Neu at berson na fu erioed. Doedd o ddim yn hollol siŵr pam ei fod o'n eu postio o gwbl. Mi oedd o wedi postio'r cyntaf am fod Rhian efo fo, a'u bod nhw'n pasio Swyddfa'r Post, a'i bod hi wedi holi a oedd y llythyr i Helen ganddo.

'Waeth i ni ei bostio fe nawr ddim.'

Felly fe dalwyd am stamp i nunlle. Fe ystyriodd John wrth roi'r ail lythyr yn ei amlen y gallai ei bostio i Borth Amlwch, mi oedd o'n gwybod y cyfeiriad. Ond mi oedd hi wedi bod mor daer cyn gadael nad oedd unrhyw gyswllt i fod.

'Fedra i ddim cadw cyswllt efo chdi, Siôn.'

'Mi allwn i ffindio rhyw esgus a dod i fyny i Sir Fôn.'

Bu bron iddi hi gyd-weld ond fe rwystrodd y geiriau hynny rhag dianc o'i cheg.

'Rhaid i ti addo peidio gwneud hynny. Plis! Fedra i ddim cadw cyswllt efo neb. Dw i 'rioed wedi gallu.'

'Felly mae 'na blant wedi'u gadael ar draws y canrifoedd?'

Ysgydwodd Helen ei phen.

'Nag oes, does 'na'r un arall. Chdi ydi'r unig un. Unig blentyn wyt ti, Sionyn.'

Gwyddai yntau heb amheuaeth ei bod hi'n dweud y gwir, ond bron nad oedd gwybod mai fo oedd yr unig un yn waeth na gwybod bod yna ddegau o blant eraill wedi'u gadael dros y blynyddoedd, mewn gwahanol lefydd yng Nghymru, mewn gwahanol lefydd ar draws y byd efallai. Mi ddylai holi am hynny hefyd, mwya tebyg, holi a oedd hi wedi crwydro, ond mi oedd o'n rhy flin. Doedd o ddim isio rhoi sylw iddi hi, doedd ddiawl o ots ganddo fo lle roedd hi wedi bod.

Yn y cyfnod cyn y briodas allai John ddim celu oddi wrth Rhian ei fod o a Helen wedi ffraeo am rywbeth. Yr unig beth y gallai ei gelu oddi wrthi oedd pam. Ac allai o ond gwneud hynny trwy wrthod ateb.

'Dw i ddim isio esbonio. Dw i isio i chdi a Helen barhau i fod yn ffrindiau.'

'A wy isie i chi gymodi cyn iddi adael y wlad, cyn y briodas.'

A rhywsut fe wnaeth y ddau gymodi. Nid trwy ddweud dim byd o bwys, ac nid trwy i Rhian ymyrryd – dim ond trwy gyd-fyw. Ac erbyn y daeth hi'n amser iddi hwylio am Ganada roedd popeth bron yn iawn. Weithiau roedd John yn difaru na fydden nhw wedi dal ati i ffraeo. Mi fyddai hynny wedi bod yn haws. Ac mi fyddai hynny wedi'i gwneud hi'n haws esbonio'r ffaith nad oedd yna unrhyw gyswllt efo Helen. Er iddi addo wrth Rhian y byddai'n cadw mewn cysylltiad, ddaeth yna'r un llythyr.

'Ysgrifenna at dy gefnder. Wy'n poeni.'

Ac fe wnaeth John sgwennu at ei gefnder, er na wnaeth o ddim, wrth gwrs.

Ac fe aeth bywyd yn ei flaen. Sgwrsio, caru, cinio dydd Sul weithiau efo teulu Rhian. Mynd â Toby am dro, ystyried cael cath, penderfynu peidio. Cafodd John ddyrchafiad a chodiad cyflog, cwtogodd Rhian ei horiau gwaith hithau, a'r ddau ohonynt yn gobeithio y byddai'n rhaid iddi roi'r gorau i'w gwaith yn llwyr yn fuan. Ond mynd yn ei flaen heb unrhyw newid roedd pethau fis ar ôl mis.

PENNOD 11

Cadw'n brysur oedd y gyfrinach. Mi wyddai Helen hynny bellach. Roedd yr wythnosau cyntaf, hyd yn oed y misoedd cyntaf, wastad yn od. Fe fyddai ganddi hiraeth ar ôl rhywun neu rywbeth bron bob tro. Weithiau fe fyddai lle diarth a phobl wahanol yn ei llyncu a'i chario a'i thaflu ar draeth ei bywyd newydd fel ei bod bron iawn yn anghofio am yr ugain mlynedd flaenorol. Ond roedd y tro hwn yn wahanol. Yn hollol, hollol wahanol.

A wnaeth 'na neb ddweud wrthi hi. Wel, do, mi wnaethon nhw ddweud. Ond wnaethon nhw ddim esbonio. Wnaethon nhw ddim llwyddo i wneud iddi hi ddallt. Wnaethon nhw ddim llwyddo i wneud iddi newid ei meddwl.

Ac mi oedd yna gymaint o bethau nad oedd hi wedi'u dweud wrth John. Mi ddylai ei bod hi wedi esbonio pethau wrtho fo. Mi ddylai ei bod hi wedi mynnu ei fod o'n eistedd i lawr a gwrando. Er nad oedd o isio gwybod. Ond mi oedd o isio gwybod, yn doedd? Mi oedd hi wedi gweld y llyfr bach â'i gloriau llwyd wrth erchwyn ei wely. Ond wnaeth hi 'rioed ei herio amdano, na chynnig ateb, na hyd yn oed cyfaddef ei bod hi wedi gweld y llyfr ac wedi'i ddarllen. Mi allai hi fod wedi gwneud hynny. Dyna fyddai mam iawn wedi'i wneud. Y cwbl wnaeth hi, ychydig ddyddiau cyn y briodas, oedd ei godi a'i roi yn ei phoced. Wnaeth John ddim sylwi, efallai oherwydd prysurdeb paratoi at y briodas. Neu o leiaf wnaeth o ddim dweud dim byd wrthi.

Roedd y dyddiau'n dechrau byrhau pan gyrhaeddodd hi Borth Amlwch. Er ei bod hi'n dal yn fis Awst roedd yna weithiau ambell ddiwrnod gwyntog a glawog, bron yn aeafol. Ac yna mi oedd hi'n fis Medi ac yn fis Hydref a'r nosweithiau'n mynd yn hirach ac yn hirach a'r tŷ gyda'r nos yn teimlo mor wag. Er gwaethaf tanllwyth o dân a llyfr da o'r llyfrgell mi oedd o'n wag, er gwaethaf y radio mi oedd o'n wag. Ac eto, doedd hi ddim isio cymdeithasu efo pobl.

Byddai Greta'n trio'i denu allan.

'Dw i'n mynd i Amlwch i'r cyngerdd 'ma.'

'Ddoi di i weld ffilm?'

'Tyd i gael swper os lici di.'

Ond gwrthod fyddai Helen bob tro. Ac mi oedd hi'n gwybod nad oedd hyn yn beth da. Yn amlwg, doedd hi ddim yn berson cymdeithasol iawn lle bynnag roedd hi'n byw, ond gallai deimlo bod hyn yn wahanol. Diolchodd ei bod wedi llwyddo i gael gwaith yn eithaf rhwydd – o leiaf roedd hi'n cael ei gorfodi i godi o'i gwely bob bore i fynd i siop y cigydd. Ond prin roedd hi'n sgwrsio efo'i chyd-weithwyr. Ac yna ddiwedd dydd mi fyddai'n dod adref ac yn gorfodi'i hun i fwyta rhywbeth. Roedd rhaid iddi orfodi ei hun i wneud popeth – i godi, i folchi, i lanhau'r tŷ. Doedd hi ddim yn gyfarwydd â salwch, roedd o'n brofiad newydd. Rhyw bwl o annwyd neu ryw frychedan stumog o bosib, ond anaml iawn y digwyddai hynny, ac yn sicr doedd hi erioed wedi dioddef unrhyw salwch tymor hir nac unrhyw salwch difrifol. Ond i ddweud y gwir, doedd hi ddim hyd yn oed yn sicr a oedd hi'n sâl. Ai salwch oedd peth fel hyn?

Dechreuodd ganu cân nad oedd hi wedi'i chanu ers tua chan mlynedd.

Mae yn Llundain ddynion celfydd,
Mae yn Llundain bob llawenydd,
Mae yn Llundain ffisigwriaeth
Rhag pob dolur ond rhag hiraeth.

Hiraeth, hiraeth, cilia, cilia,
Paid â phwyso'n rhy drwm arna,
Trof fy ngwyneb at y pared,
Ac os tyr y galon, torred.

Roedd hi'n ei chanu, heb sylweddoli bron, wrth gario glo i'r tŷ ryw bnawn Sul ac fe glywodd Alun, gŵr Greta, hi.

'Llais tlws gen ti, Helen. Be ydi'r gân?'

Gwnaeth Helen y syms yn sydyn.

'Fy nain oedd yn ei chanu. Dwn i ddim be wnaeth i mi gofio amdani rŵan.'

'Y tywydd 'ma yn gwneud i bawb deimlo braidd yn isel,' meddai Alun.

'Tân bron â diffodd,' atebodd hithau gan adael y sgwrs ar ei hanner a dychwelyd i'r tŷ at danllwyth o dân a'i fflamau siriol yn gwneud dim oll i wella'i hwyliau. Tynnodd y llyfr bach clawr llwyd o'r drôr ym mhen y bwrdd. Roedd John wedi rhifo'r cwestiynau, er, hyd y gwelai Helen yr unig sail i'r rhifau oedd y drefn yr oedd o wedi meddwl am y cwestiynau. Go brin bod y rhifau yn dynodi pwysigrwydd y cwestiynau.

1. *Wyt ti'n gallu marw mewn damwain?*
7. *Sawl person fel chdi sy'n y byd?*

Roedd hithau wedi ystyried prynu llyfr nodiadau ac ysgrifennu'r atebion yn fanno ond teimlai y byddai hynny'n rhy ffurfiol, yn rhy agos at gyfaddef ei bod hi am gysylltu eto â John. Doedd hi ddim yn mynd i wneud hynny, nag oedd? Roedd y penderfyniad wedi'i wneud. Ac eto, os nad oedd hi am gysylltu â John byth eto fyddai waeth iddi hi … Rhwystrodd ei meddwl rhag mynd ar hyd y trywydd hwnnw. Doedd hi ddim am wneud hynny, ddim eto. Gafaelodd mewn dalen o bapur, rhyw un ddalen flêr na wyddai o le roedd hi wedi dod hyd yn oed, a darn bychan o bensel felen heb fawr o fin arni hi. Doedd hynny ddim yn ateb go iawn, nag oedd?

1. *Yndw siŵr. Dw i wedi bod yn lwcus.*
7

Doedd hi ddim yn siŵr pam neidio i gwestiwn rhif saith. Efallai am mai dyna oedd ar ei meddwl hi, yn sicr nid oherwydd ei fod o'r peth pwysicaf i John gael gwybod. Petai hi'n cysylltu eto'n de. Edrychodd ar y pwt pensel fel petai'r ateb yn rhywle yng nghrombil honno. Sgwennodd air a'i groesi allan, sgwennodd ddau air a chroesi'r rheini allan hefyd a rhoi ochenaid o ryddhad pan ddaeth cnoc ar y drws. Gwthiodd y llyfr a'r ddalen bapur i'r drôr a'r bensel i boced ei sgert. Alun oedd yna.

'Ddo i ddim i mewn.'

Er nad oedd o wedi cael cynnig.

'Dim ond meddwl oeddwn i – dw i'n aelod o'r côr cymysg. 'Dan ni'n brin o altos.'

Yn rhannol oherwydd bod y gwynt oer yn chwipio i mewn i'r tŷ clyd, fe wnaeth Helen gyd-weld y byddai'n mynd efo fo i'r ymarfer nos Lun.

Flwyddyn ar ôl iddi adael Caerdydd y daeth y llythyr gan
Helen. Er ei bod hi wedi dweud drosodd a throsodd na fyddai
unrhyw gyswllt, roedd hon yn amlen â'i llawysgrifen arni.
Roedd y stamp a'r marc post o Ganada ac am funud neu ddau
roedd John yn teimlo mai y fo oedd yn drysu. A oedd hi wedi
mynd i Ganada go iawn? Byddai bywyd mor wych o syml petai
ei chwaer wedi mynd i Ganada.

Diolchodd John ei fod wedi gweld y postmon fel roedd o'n
cychwyn i'w waith ac wedi gallu mynd â'r llythyr efo fo cyn i
Rhian ei weld. Erbyn diwedd y dydd mi oedd o wedi'i ddarllen
o leiaf ugain gwaith – ei ddarllen yn araf gan geisio dehongli'r
hyn a oedd rhwng y llinellau. Ond allai o ddim gweld unrhyw
ystyr cudd. Roedd hi'n dweud ei bod hi'n setlo'n iawn ond ei
bod hi'n gweld eu colli, roedd hi'n disgrifio'r tŷ, neu o leia'n
dweud bod ganddi olygfa braf o'r llofft, ac yn sôn ychydig am
y tywydd. Dywedodd ei bod wedi gwneud ffrindiau efo hogan
tua'r un oed â hi a oedd yn byw gerllaw, a dywedodd ei bod
wedi torri'i gwallt. Ystrydeb ar ben ystrydeb ar ben ystrydeb.
Manion dibwys. Ac allai o ddim hyd yn oed ddweud a oedd y
manion hynny'n wir.

Roedd hi'n cyfeirio at lythyrau eraill roedd hi wedi'u
hanfon, yn dweud ei bod hi wedi gadael iddyn nhw wybod
nad oedd hi bellach yn y cyfeiriad oedd gan John ar gyfer ei
gefnder. Roedd yn holi a oeddan nhw wedi'u derbyn, yn gofyn
a oeddan nhw wedi anfon ati hi. Dywedodd ei bod hi'n pryderu
amdanynt. Dywedodd ei bod yn eu caru.

Fe ddarllenodd Rhian y llythyr pan aeth adref ddiwedd
dydd.

'O leia 'dan ni'n gwbod pam na chest ti ateb.'

Ailddarllenodd y llythyr yn arafach.

'Mae hi'n swnio'n iawn, on'd yw hi? Mor braf clywed ganddi.'

A'r unig beth y gallai John ei wneud oedd cyd-weld. Mi oedd hi'n swnio'n iawn ac mi oedd hi'n braf clywed ganddi. Ond mi wyddai hefyd un mor dda oedd Helen am ddweud celwydd. Waeth ots – mi oedd hi'n fyw.

Pan aeth John i chwilio am y llythyr eto'r noson honno, er mwyn ei ddarllen un waith eto, doedd dim golwg ohono.

'Adewest ti e ar y bwrdd,' meddai Rhian.

Tynnwyd y lle'n gria, a hwyliau John yn mynd yn waeth ac yn waeth, ac yn y diwedd cafwyd hyd iddo ym masged y ci a'r gornel uchaf wedi'i chnoi ryw fymryn.

'Toby druan, rhaid ei fod e'n clywed arogl Helen.'

Ac fe edrychodd John mewn rhyfeddod ar ei wraig a oedd yn gallu dweud un frawddeg dawel, resymol fel'na a chwalu ei dymer ddrwg yn llwyr. Rhedodd ei law ar hyd y llythyr sawl gwaith i'w wastatáu a chael gwared o'r blew, ac yna ei ailosod yn ei amlen a rhoi'r amlen yn ofalus y tu ôl i'r cloc o afael Toby. Cyn ei gadw fe gododd y llythyr at ei drwyn, ond allai o ddim arogli dim, dim ond rhyw fymryn o oglau ci. Fe welodd Rhian o'n gwneud hynny ond penderfynodd beidio â dweud dim. Weithiau, cyn iddyn nhw briodi, fe fyddai'n disgrifio perthynas John a'i chwaer wrth ei ffrindiau, a byddai ambell un yn gofyn a oedd hi'n genfigennus. Gwadu fyddai hi, wrth gwrs, ac ar y cyfan roedd hynny'n wir. Ond fe fyddai'n anonest petai hi ddim yn cyfaddef bod yna rywbeth braf mewn cael Helen yn bell i ffwrdd yr ochr arall i'r Iwerydd a chael John iddi hi'i hun.

Y noson honno yn y gwely closiodd Rhian ato.

' 'Da fi newyddion da arall i ti. Wy'n meddwl 'mod i'n disgwyl.'

Ddywedodd John ddim byd am yn hir, dim ond gafael ynddi a'i chusanu'n ysgafn, ysgafn. Ac yna gollyngodd ei afael ryw ychydig ac edrych arni'n gorwedd yno a golau o lamp y stryd yn dod trwy fwlch yn y llenni ac yn creu stribedyn ar draws ei boch a'i bronnau a thros ei law yntau. Wrth iddo edrych diffoddodd y golau a diflannodd y stribedyn ac roedd yr ystafell yn hollol dywyll.

'Pam na fysat ti wedi deud wrtha i'n syth ddois i adra?'

'Roedd 'da ti'r llythyr. Doeddwn i ddim isie difetha hynny. Roeddwn i isie i ti fwynhau hynny.'

'Ond mae hyn yn bwysicach.'

'Falle 'mod i isie i ti wirioneddol fwynhau hyn hefyd. Bron i fi aros tan fory. Ond o'n i ffaelu.'

Ac fe wnaeth y ddau ohonyn nhw fwynhau gwybod bod yna berson arall ar y ffordd. Nid eu bod nhw'n trafod y peth rhyw lawer ond mi oedd o yno yn y cefndir yn gwneud popeth yn well. Mi wnaeth o bopeth yn well am dair wythnos cyn i Rhian ddechrau gwaedu. Ac yna doedd o ddim yna.

'Dim ond ni oedd yn gwbod amdano fo'n de?'

'Neu amdani hi.'

Ac fe aeth y plentyn hwn na fu yn un cwlwm arall a oedd yn clymu'r ddau'n agosach at ei gilydd, ac yn un rhan arall o fur a oedd yn gosod Helen yn y gorffennol.

Ac yna fe fu Toby farw. Wyddai neb faint oedd oed Toby, dim ond ei fod yn hen iawn a'i fod wedi bod yn amlwg heneiddio yn y flwyddyn ddiwethaf, yn llai awyddus i fynd am dro ac yn llai tebygol o neidio i fyny ar y soffa neu'r gwely. Ac yna un bore, prin y gallai godi o'i fasged fach oherwydd nad oedd ei goesau ôl yn dal ei bwysau, ac roedd y flanced yr oedd Gwen Davies wedi'i gweu iddo yn biso i gyd. Rhian aeth â fo at y milfeddyg ac yna mynd â'r corff bach du i ardd ei rhieni i'w gladdu oherwydd mai dim ond cowt bychan oedd ganddi hi a John yn y cefn, ac nad oedd hi am ei adael i'r milfeddyg ei daflu i le bynnag roedd milfeddygon yn taflu cŵn di-ardd a digyfaill. Eisteddodd yng nghegin ei mam yn crio, ac er ei bod hi'n amlwg i honno ei bod hi'n crio am fwy na chi, wnaeth hi ddim holi. Ac fe aeth Toby a marwolaeth Toby a diffyg presenoldeb Toby bob bore yn gwlwm arall a oedd yn eu clymu, ac yn fricsen arall yn y mur a oedd yn cadw Helen yn y gorffennol.

Pennod 13

Mi wyddai Helen fod mynd i'r côr yn gwneud lles iddi hi. Yn yr un modd ag y mae ffisig yn gwneud lles i glaf. Rhywbeth felly oedd o. Doedd ei gwaith hi ddim yn ddigon anodd a phrysur i'w rhwystro rhag meddwl, ond am awr bob nos Lun yr unig beth oedd yn bwysig oedd cael y nodyn iawn a'r rhythm iawn ac am yr awr yna doedd hi'n ddim byd ond un llais yn y côr. Diolchodd fod yr arweinydd yn ddihiwmor ac yn eu gorfodi i weithio'n eithriadol o galed. Yr unig doriad oedd ychydig funudau i nôl diod o ddŵr. Byddai llawer o'r lleill yn gogr-droi a chael paned yng nghegin y neuadd wedyn a chwerthin a chwyno, ond ei throi hi am adref fyddai Helen yn ei wneud yr eiliad y dôi'r ymarfer i ben. Ac wrth iddi gerdded adref deuai'r holl ddelweddau o John a oedd wedi cael eu cadw draw gan y canu yn ôl yn un llifeiriant. Yr unig beth yr oedd hi'n ddiolchgar amdano oedd nad oedd hi'n breuddwydio rhyw lawer amdano, ac o leiaf pan fyddai'n ymddangos yn ei breuddwydion mi oeddan nhw'n freuddwydion braf a hapus. Ac ar y cyfan, plentyn bach neu fabi oedd John pan fyddai'n ymddangos mewn breuddwyd. Ond fe gafodd sawl breuddwyd lle yr oedd hi'n feichiog, ac yn amlach na pheidio fe fyddai'n esgor ar rywbeth nad oedd yn John, nad oedd hyd yn oed yn fod dynol.

Dechreuodd y dydd ymestyn, dechreuodd orfodi ei hun i arddio. A ffisig oedd y garddio fel y côr, rhywbeth a roddai ddeg munud iddi heb fod yn ymwybodol o'r hiraeth, o'r gwacter mawr, o'r ffaith nad oedd hi'n gwybod be oedd John yn ei wneud. Ac yna fe fyddai'n dod yn ôl i'r tŷ, yn golchi ei dwylo, yn gwneud rhywbeth syml i'w fwyta, ac yn nôl y llyfr bach llwyd o'r drôr. Weithiau dim ond edrych ar lawysgrifen John roedd hi isio ei wneud. Droeon eraill byddai'n sgwennu rhywbeth ar y ddalen bapur, sgwennu'r hyn y dylai hi fod wedi'i ddweud.

4. *Pwy ydi fy nhad? (Mae hyn yn bwysig.)*

Yn od iawn, doedd hwn ddim yn gwestiwn anodd i'w ateb. Mwyaf tebyg oherwydd nad oedd Helen yn ei ystyried yn gwestiwn pwysig. Nid ei bod hi wedi dewis rhywun ar hap.

Patrick oedd ei enw. Roedd o'n ddyn da, yn ddyn caredig, yn debyg iawn i Llew mewn llawer ffordd. Doeddwn i ddim yn ei garu, ond mi oeddwn i isio plentyn. Chafodd o 'rioed wybod amdanat ti.

Doedd yna ddim llawer o ddim byd arall i'w ddweud, nag oedd? Efallai petai John yno y byddai'n gofyn pethau, ac fe fyddai'n gallu eu hateb. Ond o leiaf petai o'n darllen hwnna fe fyddai'n gwybod nad trwy drais y cafodd ei genhedlu, na llosgach. A phetai'n darllen hwnna fe fyddai'n gwybod nad oedd yna ddyn yn rhywle yn hiraethu am fab a ddiflannodd. Ac fe aeth rhyw gryd trwy Helen wrth iddi sylweddoli y gallai fod wedi bod yn gyfrifol am sefyllfa felly. Ar y pryd fyddai hi ddim wedi ystyried ei bod hi'n gwneud unrhyw beth o'i le. Efallai na fyddai hynny wedi bod yn beth mor frwnt â hynny, efallai nad oedd dynion yn caru eu plant yn yr un ffordd. Ond daeth rhyw atgof o bell, bell, bell yn ôl o chwerthiniad dwfn ac atgof arall o hen ŵr ar ei wely angau yn gwenu.

'Helen fach, ti wedi newid dim.'

A rhywun arall yn yr ystafell yn dweud, 'Mae o'n meddwl mai ei ferch sydd yna, creadur. Mae 'na debygrwydd.'

Ystyriodd a ddylai gofnodi hyn. A fyddai John isio gwybod am ei daid? Yn sydyn gwthiodd y llyfr a'r bensel a'r ddalen bapur, a oedd bellach yn drydedd ddalen, yn ôl i'r drôr a mynd allan i'r ardd i dorri'r gwrych yn y glaw. Doedd o ddim yn mynd i'w ddarllen, yn nag oedd? Roedd y cysylltiad wedi'i dorri, er lles a diogelwch pawb.

Ac ymhen dim mi oedd hi'n haf eto – dyddiau crasboeth a'r haul ar y tonnau yn gwneud iddi ystyried a fyddai cyfnod dramor yn syniad. Ac eto, doedd ganddi ddim llawer o awydd. Ceisiodd berswadio'i hun nad oedd hi 'rioed wedi mwynhau ei chyfnodau dramor.

Aeth efo dwy o aelodau'r côr i Amlwch i'r carnifal un pnawn Sadwrn ganol yr haf, a rhyw led-fwynhau ei hun yn gwylio plant bach wedi'u gwisgo fel môr-ladron a'r Beatles, fel tylwyth teg a dynion tân. Ac yna fe basiodd criw o genod tua deuddeg oed wedi'u gwisgo fel gwrachod ac allai hi ddim rhwystro'i hun rhag dweud, 'Does dim isio gwisgo plant fel gwrachod.'

'Fy nith ydi'r un dal 'na,' meddai un o'r rhai oedd efo hi, ac er i Helen ymddiheuro roedd awyrgylch y diwrnod wedi'i ddifetha ac fe aeth Helen adref cyn y lleill.

Daeth Greta draw'r bore wedyn.

'Dw i ac Alun yn mynd i fod yn rhieni.'

Llwyddodd Helen i'w llongyfarch.

'Rhywun i edrych ar ein holau ni yn ein henaint,' meddai Greta gan drio bod yn ysgafn er mwyn cuddio'i hapusrwydd. Ac yna sylweddoli nad oedd hynny chwaith yn beth da i'w ddweud wrth wraig weddw a oedd wedi colli'i phlentyn.

'Sori, Helen.'

'Mae o'n iawn, 'sti. Dw i'n wirioneddol hapus drostoch chi.'

Ac mi oedd o'n iawn, ac mi oedd hi'n hapus drostyn nhw.

Ond am ryw reswm, ar ôl hynny y dechreuodd hi ysgrifennu llythyrau at John – llythyrau hirion yn llawn manylion, llythyrau yn ateb y cwestiynau yn y llyfr cloriau llwyd. Mi oeddan nhw'n cynnwys syniadau am sut y gallen nhw ddal ati i gadw mewn cysylltiad a chyfaddefiad nad oedd hi'n disgwyl hiraethu fel hyn. Ond wnaeth hi ddim eu postio nhw, dim ond eu gadael yn y drôr. Roedd y llythyr a wnaeth hi ei anfon yn y diwedd yn hollol wahanol – llythyr gan wraig a oedd yn setlo yng Nghanada, llythyr a oedd yn llawn manion dibwys ac ystrydebau. A llythyr a fyddai, gobeithio, yn cyrraedd Caerdydd gan ymddangos fel petai wedi dod o Ganada. Roedd hi'n adnabod rhywun ac fe ofynnodd am gymwynas. Doedd hi ddim hyd yn oed yn gwybod a oedd ei chydnabod yng Nghanada yn dal i fyw yn yr un lle. Ond ymhen ychydig wythnosau daeth cerdyn post.

Wedi'i bostio i ti. Bydd yn ofalus, Helen.
B x

Am ychydig wedyn mi oedd hi'n fwy bodlon ei byd, gallai deimlo'r cwmwl du'n codi. Ond yna dechreuodd obeithio am ateb.

PENNOD 14

Yr eildro wnaeth Rhian ddim sôn gair am yn hir. Os nad oedd hi'n cyfaddef ei bod yn feichiog fyddai dim rhaid iddi hi gyfaddef petai'n colli'r plentyn. Pan wnaeth hi o'r diwedd ddweud wrth John, fe gyfaddefodd yntau ei fod wedi amau ond nad oedd o wedi sôn am y peth am yr un rheswm yn union. Wrth i fol Rhian chwyddo roedd ei theulu hi yn dod yn fwy o ran o'u bywydau, neu efallai mai John oedd yn dod yn fwy o ran o fywyd y teulu. Roeddan nhw wedi bod yn groesawgar o'r dechrau ond rŵan roedd o'n teimlo bod yna label anferth uwch ei ben: hogyn bach amddifad a'i chwaer ar ochr arall y byd a byth yn cysylltu. Dechreuodd mam Rhian weu, gweu yn ddi-baid fel bod yna lond drôr o ddillad gwynion yn aros am ddyfodiad y plentyn. Mynnodd y byddai'n ei ddifetha'n racs. Mynnodd brynu coetsh Silver Cross fawr ddrud, a hynny cyn i'r bychan gyrraedd er bod pawb heblaw amdani hi yn teimlo'n anghyfforddus am hynny.

'Ofergoeliaeth!'

'Ond does dim angen i chi wario …'

'Fy unig ŵyr, am rywfaint o leiaf. Neu fy unig wyres. A fi yw ei unig fam-gu. Siŵr iawn 'mod i'n mynd i'w ddifetha.'

Y noson honno fe ofynnodd Rhian iddo a oedd o wedi dweud wrth ei chwaer ei bod yn mynd i fod yn fodryb.

'Do, ond dw i heb gael ateb.'

Ac wrth gwrs, ddaeth yna ddim ateb a bob yn dipyn fe aeth Helen yn rhan lai a llai o'u bywydau. Weithiau byddai John yn edrych ar yr un llythyr a ddaeth – fel arfer dim ond ei dynnu allan o'r amlen, edrych arno a'i gadw. Fel petai'n cysuro'i hun nad oedd wedi'i ddychmygu.

Ac yna fe anwyd merch.

'Wyt ti'n siŵr nad wyt ti isie rhoi Helen yn enw canol?'

'Nag oes.'

Ond fe wnaeth John, ar ôl oedi a phetruso, anfon cerdyn post i'r cyfeiriad yn Sir Fôn.

Dw i'n dad ers pythefnos. Llywela Wyn. 8 bwys union a phawb yn iawn.

Ond wyddai o ddim a dderbyniodd Helen y neges. Ddaeth yna ddim ateb ganddi. Ac mi oedd hynny'n brifo. Ac eto, mi oedd Llywela Wyn a'i mam yn llenwi ei fyd i'r ffasiwn raddau fel nad oedd yna lawer o le i ddim byd arall. Daeth Rhian ar ei draws un gyda'r nos yn sefyll yn nrws y llofft yn edrych arni'n cysgu.

'Am beth wyt ti'n feddwl?'

'Am blant amddifad.'

'Siŵr bod dy rieni'n gwbod amdani rhywsut.'

'Sut wyt ti'n gallu darllen fy meddwl?'

'Dy adnabod di, tydw.'

Ac fe gusanodd John hi a dweud wrthi mai hi oedd y person oedd yn ei adnabod orau yn y byd.

Mi brynodd John gamera oherwydd Llywela. Leica, oherwydd ei fod wedi bod yn holi a gwneud ymchwil ac wedi penderfynu mai hwnnw oedd yr un gorau. Leica M2. Fe fyddai wedi hoffi prynu'r Leica M3. Fe fyddai wedi hoffi prynu *cine-camera*, ond mi oedd pethau felly'n bethau drud, felly roedd rhaid bodloni ar luniau llonydd a'r rheini ar y cyfan yn lluniau du a gwyn. Roedd yn eu cadw'n ofalus a threfnus mewn albwm, â chorneli bychain yn dal pob llun yn ddiogel yn ei le ar y papur du trwchus. O dan y lluniau fe fyddai'n ysgrifennu yn fychan ac yn daclus gydag inc arbennig a oedd i'w weld ar y papur tywyll:

Pythefnos oed.
Mis a diwrnod.
Chwe mis efo Mam-gu.

Naw mis yn bwydo'r chwid gyda Mam.
Blwydd oed – Pen-blwydd hapus, Llywela!

Erbyn hynny mi oedd ar ei drydydd albwm, pob un ohonynt efo clawr coch a deilen aur, fel deilen grin, yn ei gornel. Roedd o'n eu cadw'n ofalus ar silff ger y lle tân ac roedd yna wastad gryn drafod ar ôl i ffilm gael ei datblygu a'i hargraffu. Roedd angen dewis pa luniau ddylai gael eu hanrhydeddu trwy eu cynnwys yn yr albwm a pha rai ddylai gael eu cadw yn rhydd yn y bocs esgidiau a oedd hefyd yn byw ar y silff. Weithiau byddai'n ystyried rhoi un o'r lluniau o'r bocs mewn amlen a'i bostio i Borth Amlwch. Ond wnaeth o ddim. Ac efallai nad oedd hi yno bellach beth bynnag – doedd yna'n dal ddim ateb wedi dod i'r cerdyn anfonodd yn dweud bod Llywela wedi'i geni. Petai hi'n ateb hwnnw fe fyddai yntau'n anfon llun.

Pennod 15

Wyddai Helen ddim be i'w wneud efo'r cerdyn post pan ddaeth. Roedd hi isio'i guddio ac eto, doedd hi ddim isio iddo fod o'i golwg am eiliad. Canlyniad hynny oedd ei fod ar fwrdd y gegin, a'r llawysgrifen ar i fyny, pan alwodd Greta.

'Pwy sydd wedi cael babi?'

'Cefndar i mi.'

Ac er bod Helen wedi bod yn dweud celwyddau a chreu storïau'n llwyddiannus ers canrifoedd, doedd hi ddim yn teimlo ei bod hi wedi dweud hynny efo argyhoeddiad. Ond wnaeth Greta ddim sylwi.

'Lle maen nhw'n byw? Ei di i'w gweld nhw?'

Ysgydwodd Helen ei phen.

'Caerdydd. Braidd yn bell.'

Ac eto, y noson honno allai hi ddim peidio â meddwl pa mor agos oedd Caerdydd a pha mor agos oedd Llywela. Mi allai hi fforddio mynd i lawr yno ar y trên, mi allai hi drefnu i gyfarfod John a'r fechan mewn rhyw barc, neu ryw gaffi. Dim ond am awran, dim ond er mwyn cael ei gweld hi. Dyma rywbeth arall na wnaeth hi ei ystyried ddeg mlynedd ar hugain yn ôl – fod plant yn cael plant. Ac fe sylweddolodd y gallai Llywela, yn syndod o fuan, gael plant ei hun. Ac na fyddai hi byth yn gweld y rheini.

Aeth hi ddim i lawr i Gaerdydd. A wnaeth hi ddim hyd yn oed gysylltu efo John i gydnabod y cerdyn post, heb sôn am drefnu i gyfarfod yn y caffi dychmygol hwnnw lle y byddai'n gallu dandwn a mwytho ei hwyres am awran gan adael i'w the oeri. Roedd hi'n gadael i'w the oeri yn amlach ac yn amlach beth bynnag y dyddiau hyn. Gallai deimlo'r iselder, er gwaethaf y côr a'r garddio, yn troi'n rhywbeth gwahanol, yn rhywbeth dyfnach. Roedd hi'n siarad efo hi'i hun yn amlach ac yn amlach.

'Mi ddylat ti ailgysylltu efo nhw,' meddai wrth ddal papur newydd o flaen y tân i drio'i gael i dynnu'n well. 'Ailgysylltu ac esbonio nad oedd yna bellach gysylltiad efo'r plentyn.' Dychmygodd wneud hynny, ac oherwydd nad oedd hi'n canolbwyntio gadawodd y papur yno fymryn yn rhy hir ac fe ymestynnodd fflam ato gan achosi iddi gael llosg bychan ar ei braich a darnau bach o bapur du ar hyd ei sgert.

Ond petai hi'n ailgysylltu efo nhw fe fyddai'n cau'r drws am byth ar John. Fyddai ddim posib mynd yn ôl i chwilio amdano fo, amdano fo a Llywela, wedyn. A doedd hi ddim yn fodlon gwneud hynny. Ddim eto. Ddim bellach.

Pennod 16

Y llun o Llywela yn dathlu ei phen-blwydd yn un oed oedd yr olaf yn yr albwm. Llun o ferch fach mewn ffrog streips â *smocking* ar y blaen yn gwneud gwyneb gwirion wrth drio dynwared yr oedolion yn chwythu'r canhwyllau ar y gacen. Ei mam-gu oedd wedi gwnïo'r ffrog a phetai'r llun yn lliw fe fyddai'n bosib gweld mai gwyrdd a gwyn oedd y rhesi. Gwair ac eira, gwair ac eira. Wyddai John ddim pam mai dyna aeth trwy'i feddwl wrth edrych ar y ffrog, a lle roedd pwythau'r *smocking* yn tynnu'r defnydd at ei gilydd roedd y rhesi twt hefyd yn cael eu chwalu, yn cael eu gwasgu a'u rhyddhau.

Roedd hi'n anodd penderfynu pa luniau ddylai gael mynd i'r albwm o'r ffilm a oedd yn cynnwys y lluniau pen-blwydd, yn anoddach na dewis o'r holl ffilmiau blaenorol. Ac i wneud pethau hyd yn oed yn fwy anodd, roedd rhieni Rhian wedi dod â ffrâm llun fechan draw a gofyn a oedd posib cael llun o'r 'wyres ore'n y byd' i'w roi ynddi. Dewiswyd llun, un a oedd yn dangos y ffrog wyrdd a gwyn ar ei gorau, ac fe benderfynodd Rhian y byddai'n cerdded draw i dŷ ei rhieni i'w ddanfon. Doedd hi heb fod allan trwy'r dydd, roedd hi wedi peidio bwrw, roedd Llywela'n cysgu.

'Ia, cer. Mae 'na ddrama ar y weirles dw i awydd.'

Rhoddodd gusan sydyn iddi cyn eistedd i lawr efo sigarét a'r radio, a difaru wedyn na fyddai wedi rhoi cusan iawn iddi hi, cusan hir, hir.

Ar y ffordd adref y digwyddodd o, ar yr allt, llai na phum can llath o ddrws tŷ ei rhieni. Doedd yna ddim bai ar y gyrrwr – dyna oedd barn y cwest beth bynnag. Lapio'i hun mewn blanced a chysgu ar lawr wrth ochr cot Llywela wnaeth John y noson honno, y noson y daeth y plismyn at y drws. Gorweddodd yno heb hyd yn oed osod gobennydd o dan ei ben na newid o'i ddillad. Dyna wnaeth o y noson wedyn hefyd a phob noson tan y cynhebrwng. Ddiwrnod y cynhebrwng fe dynnodd ei ddillad ac ymolchi cyn gwisgo siwt, a'r noson honno fe aeth i gysgu i'w wely ei hun a Llywela efo fo. Aeth o ddim ar gyfyl y bragdy am bron i fis, gan guddio a gwrthod ateb y drws pan alwai ei gyd-weithwyr. Pan aeth yn ôl yno dywedwyd wrtho ei fod wedi colli'i waith. A doedd hynny'n poeni dim arno.

'Wy'n credu y bydde hi'n well petai'r ferch fach yn dod i fyw aton ni,' meddai mam Rhian gan edrych o amgylch yr ystafell a gweld y llwch, a'r dillad heb eu smwddio, a'r poteli gweigion yn y gornel a'r botel wisgi hanner gwag ar y seidbord.

'Ti moyn dod i aros 'da Mam-gu, cariad?'

Camodd John rhyngddi hi a'r plentyn. Am ryw reswm roedd o'n ymwybodol bod ei wynt yn drewi.

'Na. Mae hi'n aros efo fi.'

'Mae hi angen rhywun i olchi dillad, rhywun i edrych ar ei hôl hi'n iawn, a rhywun i ennill digon o arian i dalu am bopeth. Smo chi'n gwneud 'run o'r rheina, John.'

Atebodd John mohoni, dim ond sefyll yno heb symud, yn ei herio i wthio heibio iddo a mynd at Llywela a oedd yn gwylio'r cwbl gyda doli mewn un llaw a a chwpan fudr yn y llaw arall.

'Mi ddo i'n ôl fory. Gawn ni sgwrs fory.'

Wnaeth hi ddim hyd yn oed cau'r drws ar ei hôl wrth adael. Cerddodd John at y drws a'i gau a throi yn ôl at Llywela.

'Blydi ast!'

Edrychodd ei ferch arno a'i llygaid yn fawr. Roedd gweiddi'n beth anghyfarwydd.

'A paid â meddwl bod ni'n mynd â'r ffrog wyrdd a gwyn afiach 'na efo ni.'

A dim ond wrth iddo ddweud hynny y sylweddolodd John ei fod o'n mynd i adael Caerdydd. Berwodd lond tegell o ddŵr ac fe gafodd Llywela fàth yn y sinc yn y gegin ar ôl iddo glirio'r llestri budron o'r ffordd. Yna cariodd hi i'w llofft, ei gwisgo mewn coban lân ac adrodd stori iddi am y tro cyntaf ers wythnosau. Treuliodd weddill y noson yn tacluso a glanhau ac yn dewis be i'w roi yn y cês bach brown. Fe fyddai wedi bod yn well ganddo fo gael rhyw fag mwy ffasiynol ond dim ond yr hen beth yma a oedd yn arfer bod yn berchen i Helen oedd yn y tŷ, a doedd yna ddim amser i fynd i brynu dim byd. Y peth olaf wnaeth o oedd berwi wyau a gwneud brechdanau a rhoi y rheini hefyd yn y bag. Dim ond rhyw deirawr o gwsg yr oedd o wedi'i gael pan gyrhaeddodd y ddau orsaf Caerdydd yn y bore.

'Single to Amlwch, please, mate.'

'Where?'

'Amlwch, North Wales.'

Casnewydd, Severn Tunnel Junction, Ashchurch, Cheltenham. A wnaeth o ddim amau o gwbl nad oedd o'n gwneud y peth iawn. Wrth gwrs, mi oedd hi'n bosib na fyddai Helen yno, ac na fyddai'n gallu dilyn ei thrywydd i le bynnag yr oedd hi wedi mynd. Mi fyddai hynny'n siom, ond roedd o'n dilyn rhyw reddf mai'r peth i'w wneud pan nad oedd pethau'n iawn oedd rhoi yr hyn yr oedd ei angen mewn bag a mynd. Aeth Llywela i gysgu; agorodd yntau'r papur newydd yr oedd o wedi'i brynu y bore hwnnw ar y ffordd i'r orsaf. Ond allai o ond darllen y penawdau ac weithiau baragraff cyntaf pob stori cyn colli diddordeb a symud yn ei flaen i'r nesaf. Plygodd y papur a rhythu allan trwy'r ffenest er mwyn osgoi sgwrs gyda'r gŵr a'r wraig ganol oed a oedd yn eistedd gyferbyn â fo. Wrth iddyn nhw gyrraedd gorsaf Beeston Castle and Tarporley mi ddeffrodd Llywela ac edrych allan trwy'r ffenest. Ar y platfform mi oedd gwraig ifanc bryd tywyll mewn côt las.

'Mam?' meddai hithau, yn y bwlch yna rhwng cwsg ac effro lle mae hi'n hawdd gweld yr hyn yr ydach chi am ei weld.

'Nage, nid Mam, pwt.'

'Isio dy fam wyt ti, 'mach i?' meddai'r wraig gyferbyn. 'Wyt ti'n mynd i weld Mam yn munud?'

'Nag ydi.'

Ac yna teimlodd yn euog. Doedd yna ddim bai ar y wraig. Wyddai hi ddim. Nid hi oedd yn gyrru'r fan efo'r brecs diffygiol. Nid hi oedd yn bygwth dwyn ei blentyn oddi arno.

'Mi gollodd ei mam. Bedwar mis yn ôl. Mae hi'n dal i sôn weithia.'

'O, peth bach. Mae'n ddrwg gen i.'

Tyrchodd yn ei bag a chael hyd i becyn bychan o dda-da.

'Geith hi'r rhain? Maen nhw'n feddal.'

Roedd gan John gur yn ei ben. Bu bron iddo ddweud wrthi nad oedd siwgr a lliw a blas mefus wedi'i lapio mewn papur lliwgar yn mynd i wneud iawn am golli mam. Ond rhwystrodd ei hun. Gwenodd a diolch a mwynhau gweld Llywela'n sglaffio'r da-da.

'Anodd i chi ar ben 'ch hun.'

''Dan ni ar ein ffordd i weld Nain yn Sir Fôn.'

Ac fe gyrhaeddodd y trên orsaf Tattenhall Road ac fe gododd y dyn, nad oedd wedi dweud gair.

'Pob hwyl i chi,' medda fo, a chodi llaw a rhoi winc ar Llywela.

'Ta ta,' meddai hithau.

Unwaith yr oeddan nhw'n ddigon pell trodd John at ei ferch.

'Wel, mi gest ti a fo sgwrs ddigon call.'

Cymerodd un o'r ddau dda-da pinc oedd ar ôl oddi arni a'i roi yn ei geg.

'Dad drwg.'

Pennod 17

Doedd Helen ddim adref pan gyrhaeddodd y ddau y tŷ uwchben yr harbwr. Ar ôl cnocio wrth y drws ddwywaith camodd John yn ofalus dros y border bach yn bwriadu mynd i sbecian trwy'r ffenest, ond fe welodd Greta fo cyn iddo gael cyfle.

'Chwilio am Helen 'dach chi? Mi fydd hi adra tua pedwar.'

Cododd ei law mewn cydnabyddiaeth a diolch, ac yna codi Llywela ar ei ysgwyddau a gadael cyn iddo orfod siarad efo pwy bynnag oedd hi. Bu'r ddau'n lladd amser am bron i ddwyawr – cerdded, edrych ar y dŵr, siarad efo cathod, rhannu'r un frechdan wy a oedd ar ôl. Dychwelodd y ddau toc wedi pedwar a churo wrth y drws eto. Dim ond ar ôl curo, yn y munud, neu lai efallai, cyn i Helen ei agor, y gwnaeth John ystyried o ddifri be fyddai ei hymateb. Ac ystyried be fyddai o'n ei wneud petai 'na ddim croeso.

'Be sy wedi digwydd?'

Dyna oedd ei geiriau cyntaf hi. Ac yna, heb aros am ateb i'w chwestiwn, rhoddodd gyfarwyddyd swta iddo i ddod i mewn. Dim ond unwaith yr oeddan nhw i mewn yn y tŷ a'r drws wedi'i gau y trodd i edrych ar Llywela. Aeth ar ei chwrcwd o flaen yr hogan fach a heb ddweud dim byd, rhedodd ei bys yn ysgafn ar hyd ei boch cyn codi a chofleidio John. Am yr eildro o fewn deuddydd roedd Llywela'n edrych yn gegrwth ar ei thad – ddoe roedd o'n gweiddi, heddiw roedd o'n crio. Trwy'r holl wythnosau o yfed doedd o heb wneud yr un o'r pethau hyn, dim ond gofalu amdani yn dawel wrth yfed cwrw ac yna, unwaith yr oedd hi'n ei gwely, yfed wisgi. Roedd y ddynes ddiarth yn crio hefyd, ond yn wahanol i'w thad roedd honno'n crio'n eitha swnllyd. Penderfynodd Llywela y byddai'n well iddi hithau grio hefyd – mi oedd heddiw wedi bod yn ddiwrnod hir ac yn ddiwrnod od ac roedd ganddi syched.

Dim ond ar ôl i Llywela dawelu ac eistedd yn hapus wrth y bwrdd yn yfed llefrith ac yn bwyta tost y gwnaeth Helen a John ddechrau siarad. Mi oeddan nhw'n dal i siarad pan adawodd y fechan y bwrdd a mynd i eistedd yn y gadair esmwyth wrth y tân a syrthio i gysgu. Cododd Helen, llusgo'r gadair esmwyth arall at yr un lle roedd hi'n cysgu a gwneud gwely cadair iddi. Aeth i fyny'r grisiau i nôl dwy flanced a gosod un ohonynt drosti.

'Ac fe fydd yn rhaid i ti gysgu'n fanna,' meddai gan bwyntio at y soffa. 'Dim ond un llofft sy 'ma.'

Pasiodd y flanced arall iddo.

'A falla bod hi'n syniad i ninna fynd i'n gwlâu.'

Aeth John draw at y soffa efo'i flanced. Wrth iddi adael yr ystafell trodd Helen yn ôl ato fo.

'John?'

'Ia?'

'Dw i'n falch dy fod ti wedi dod yma.' Cywirodd ei hun. 'Dw i'n falch eich bod chi'ch dau wedi dod yma.'

Roedd John yn cysgu o fewn munudau iddo roi ei ben ar glustog y soffa. Gorweddodd Helen yn ei gwely'n meddwl. Ceisiodd orfodi ei hun i feddwl am bethau ymarferol – yn sicr, mi oedd yna hen ddigon o bethau ymarferol y byddai'n rhaid meddwl amdanynt. Ond allai hi ddim meddwl am ddim byd ond y dyn a oedd yn cysgu ar ei soffa a'r ferch fach a oedd yn cysgu ar y ddwy gadair. Ac allai hi ddim peidio â gwenu, gorwedd yno yn y tywyllwch yn gwenu.

Doedd hi ddim mor siriol erbyn y bore. Roedd hi fel petai wedi cymryd tan hynny iddi sylweddoli bod Rhian wedi marw, sylweddoli go iawn. Ac mi oedd hi wedi bod yn hoff o Rhian. Yn bennaf, rhaid cyfaddef, oherwydd bod John yn ei charu a'i bod hithau'n amlwg yn caru John. Ond waeth faint o farwolaethau sydd yn rhan o fywyd rhywun maen nhw'n dal i gael effaith. Roedd hi wedi caledu ychydig bach efo pob un, wrth gwrs, ond roedd hi'n dal i synnu bod marwolaeth yn dal i'w styrbio rhyw fymryn.

Yn y llyfr llwyd roedd John wedi gofyn cwestiwn am farwolaeth.

4. *Fyddi di'n gwbod bod dy fywyd di'n dechrau dod i ben?*

Doedd hi heb ateb y cwestiwn hwnnw. Ddim eto. Efallai nad oedd hi isio wynebu'r ffaith y byddai hithau hefyd, rhyw ddiwrnod, yn marw. A bod y diwrnod hwnnw'n dod yn nes.

'Sgen ti awydd bod yn gefnder i mi?'

Edrychodd John arni'n syn.

'Rhaid i mi fynd i 'ngwaith. Mi alwith Greta. Mi wneith ryw esgus, mi fydd hi wedi sylwi arnat ti'n cyrraedd.'

'Pwy ...?'

'Greta drws nesa.'

''Nes i'i chyfarfod hi ddoe.'

'Jest deud dy fod ti'n gefnder i mi. Neith yn iawn am rŵan. Geith bob dim arall fod yn wir – ti wedi colli dy wraig, fi ydi dy unig deulu.'

Nodiodd John. Be oedd o wedi disgwyl iddi hi ei ddweud wrth Greta drws nesa a holl drigolion Porth Amlwch? Mai hi oedd ei fam? A hithau erbyn hyn yn edrych gryn dipyn yn iau na fo?

'Iawn, Mam.'

Atebodd hi mohono fo, dim ond ffug-wgu.

'Sori.'

'Mi fydda i'n ôl tua pedwar. Gwna fwyd i'r hogan fach 'ma amser cinio.'

Wrth gwrs y byddai o'n gwneud bwyd i'r hogan fach. Yn doedd o wedi bod yn gwneud bwyd i'r hogan fach ers misoedd, trwy'r galar a'r alcohol a'r bwlch mawr, mawr lle yr arferai fod yr unig beth normal yn ei fywyd? Trwy hynny i gyd mi oedd o wedi rhoi bwyd ar blât i Llywela a hithau wedi'i fwyta fo.

'Be wnawn ni heddiw, pwt?'

Wnaethon nhw fawr o ddim yn y diwedd. Mi oedd hi'n bwrw glaw ac mi oedd y ddau'n dal yn flinedig. Neu o leiaf mi oedd John yn flinedig a ddim yn teimlo'n holliach. Sylweddolodd tua thri o'r gloch nad oedd o wedi cael diod ac amau mai dyna oedd yn bod, efallai. Ac eto, doedd o ddim isio diod. Ond er gwaethaf hyn i gyd fe gyrhaeddodd Helen adref i dŷ glân a chynnes a llond sosban o datws wedi'u pario.

'Doeddwn i ddim yn gwbod be oeddan ni'n mynd i'w gael efo nhw, ond ...'

Tynnodd Helen becyn o'i bag.

'*Chops*. Trît bach. I ddathlu.'

Chwech o *chops* oen bychan a'r gwaed yn dechrau treiddio trwy'r papur.

'Be yn union 'dan ni'n ddathlu?'

'Dw i ddim yn siŵr. Deud ti wrtha i.'

Atebodd John mohoni.

'Mi wnawn ni ddathlu bod yr hogan fach 'ma yn iach ac yn dlws, a'i bod hi'n perthyn i mi, ac fy mod i wedi cael ei gweld hi.'

'Mi fysat ti wedi gallu dod lawr i Gaerdydd.'

Cyfaddefodd Helen ei bod hi wedi ystyried gwneud sawl tro.

'Ond petawn i wedi dod unwaith mi fyswn i wedi bod isio dod eto. Ac eto.'

'Ac?'

'Mi wnes i esbonio.'

'Do, rhyw lun.'

Ac fe gysidrodd Helen faint yn fwy y dylai hi ei ddweud wrtho. Ddim rŵan, penderfynodd. Roedd hi'n dibynnu be oedd ei gynlluniau. Doeddan nhw heb drafod y dyfodol y noson cynt, dim ond Helen yn gwrando arno fo'n esbonio drosodd a throsodd am golli Rhian, ac yn trio'i gysuro, gan wybod bod hynny'n amhosib. Gosododd dri phlât ar y bwrdd – *chops* a thatws a moron, gyda chig Llywela wedi'i dorri'n fân.

'Mae hi wedi arfer efo cadair uchal.'

Cododd Helen Llywela ar ei glin a'i hannog i afael yn ei bwyd efo'i dwylo.

'Roedd babis yn bodoli cyn cadeiriau uchal, 'sti.'

Bwytaodd John mewn distawrwydd tra oedd y ddwy arall yn patsian. Doedd o ddim yn siŵr a oeddan nhw'n deall ei gilydd. Yn sicr doedd o ddim yn deall y sgwrs, ond mi oedd y ddwy'n swnio'n ddigon hapus, ac mi oedd yn braf cael bwyta pryd bron ar ei ben ei hun. Ond ar ôl ychydig trodd Helen ei sylw ato fo.

'Wel, ei di yn ôl i Gaerdydd?'

Ysgydwodd ei ben.

'Be am ei nain a'i thaid hi?'

Cododd John ei sgwyddau.

'Mi oeddwn i isio dod yma.'

'A be wedyn?'

'Dw i ddim yn gwbod. Gawn ni aros am rywfaint? Mi fedran ni fynd wedyn, os ti ddim isio ni yn dy fywyd di. Os ydi o'n creu gormod o broblema.'

'Peidio cael cyswllt efo chdi oedd y broblem, Sionyn.'

Ac yna dechreuodd drafod pethau ymarferol. Roedd y cyfaddefiad yna a'r dagrau neithiwr wedi bod yn ddigon o wendid. Penderfynwyd bod angen symud.

'Sut wyt ti'n penderfynu lle i fynd bob tro?'

'Pob math o ffyrdd – mae 'na bob math o bethau wedi pennu lle dw i'n mynd. Dw i hyd yn oed wedi sticio pìn mewn map. Sawl tro ddeud gwir.'

Cliriodd John y platiau. Aeth Helen i nôl atlas.

'Cymru? Prydain? Y Byd?'

Ystyriodd John am funud.

'Prydain.'

'Call a chymhedrol fuest ti 'rioed.'

Ond mi oedd hi'n gwenu ac yn chwerthin. Agorodd yr atlas ar fap o Brydain a chodi Llywela yn ôl ar ei glin. Awgrymodd y ddau ohonynt sawl lle ond doedd yr un ohonynt yn apelio rhyw lawer, neu o leiaf ddim yn apelio at y ddau ohonynt. Erbyn hyn roedd Llywela wedi dechrau dynwared yr oedolion. Roedd hi'n ymddangos yn gêm dda – symud eich bys ar hyd y papur, stopio, dweud rhywbeth, symud eto.

'Lle bynnag mae Llywela'n stopio nesa,' cynigiodd Helen.

Doedd John ddim yn teimlo'n hollol gyfforddus ynglŷn â gadael ffasiwn benderfyniad yn nwylo, yn llythrennol yn nwylo, plentyn bach nad oedd â syniad be roedd hi'n ei wneud. Ac eto, waeth iddo hynny fwy na dim byd arall. Nodiodd. Gwyliodd y ddau y bys bach tew yn symud i lawr i gyfeiriad Cheltenham cyn troi yn ôl tua'r gogledd a dal i fynd a dal i fynd cyn stopio.

'Pwdin?' gofynnodd perchennog y bys.

Dyna pam yr oeddan nhw, y tri ohonyn nhw, bythefnos wedyn, ar drên i Glasgow. Roedd John wedi mynnu eu bod nhw'n gwneud rhywfaint o drefniadau. Er mwyn cael ei ffordd ei hun dechreuodd edliw wrth Helen am y noson gyntaf honno yng Nghaerdydd yn crwydro'r strydoedd yn chwilio am lety. A doedd yna ddim brys gwyllt. Mi oedd Greta wedi llyncu stori'r cefnder ac yn llawn cydymdeimlad. Mi wnaeth hi hefyd lyncu'r stori fod Helen am fynd i fyw efo'i chefnder yn Birmingham er mwyn edrych ar ôl yr hogan fach. Awgrymodd denant addas ar gyfer y tŷ. Ond allai hi ddim gaddo cadw golwg ar y lle.

''Dan ni'n symud. Mi fydd yn chwith gen i adael Porth Amlwch, ond 'dan ni angen lle mwy rŵan, yn does?'

Weithiau roedd pethau'n syrthio i'w lle'n ddigon twt, meddyliodd Helen. Addawodd y ddwy gadw mewn cysylltiad ac mi ddiflannodd Greta i'r pwll mawr o bobl a oedd wedi cyffwrdd â bywyd Helen ac wedi diflannu. Wedi diflannu fel y diflannodd y geiriau yn y llythyrau na phostiwyd wrth iddi eu defnyddio i gynnau tân y bore olaf hwnnw.

GLASGOW

PENNOD 18

'Pobol a pobol a pobol,' meddai Llywela o'i man diogel ar ysgwyddau'i thad wrth iddi gael ei chario o'r orsaf trwy ganol y dref. Ac mi oedd hi'n eithriadol o brysur a llawer o bobl yn sefyll ar y palmentydd fel petaent yn aros am rywbeth.

'It'll be good if she remembers,' meddai gwraig wrth eu hymyl gan wenu ar Llywela. Prin roeddan nhw'n gallu deall ei hacen, ac fe sylweddolodd hithau eu bod nhw'n ddieithriaid ac esboniodd fod pawb yn aros i weld y tramiau yn gwneud eu taith olaf trwy'r ddinas.

'Sad,' meddai'r wraig. 'We've always had trams in Glasgow. Always.'

Ac fe wenodd Helen arni. Ac fe arhosodd y tri i wylio'r hyn y penderfynodd Llywela oedd yn drenau yn mynd ar hyd y stryd am y tro olaf.

John oedd wedi trefnu'r fflat yng nghanol Glasgow. Roedd wedi trefnu bod siop bapur newydd yno yn postio copi o'r papur lleol ac yna wedi bwydo'r ciosg coch ym Mhorth Amlwch efo llwyth o ddarnau arian wrth sicrhau'r lle. Roedd y perchennog yn swnio'n ddigon clên a gonest ar y ffôn, ac fe edrychai'n glên a gonest yn sefyll ar y rhiniog yn aros amdanynt.

'Mr and Mrs Jones?'

'Yes,' meddai Helen cyn i John gael cyfle i ddweud gair.

Fe ymddiheurodd John wedyn.

'Mi wnes i esbonio mai cefnder a chyfneither oeddan ni. Doedd o ddim yn gwrando, mae'n rhaid.'

'Paid â phoeni. Weithiau mae'n well cadw pethau'n syml. Ac fe fydd gan bobl lai o ddiddordeb mewn cwpl bach cyffredin.'

'Efo hogan fach sy'n galw'i mam yn Helen?'

'Wel …'

'Na! Paid â meddwl am y peth. Rhian oedd ei mam hi. Tydi hi ddim yn mynd i alw neb arall yn Mam.'

Ymddiheurodd Helen am rywbeth nad oedd hi ond wedi'i hanner meddwl am hanner eiliad, a phob yn dipyn fe dyfodd stori arall. Stori a fyddai'n creu merch fach saith oed a fyddai'n esbonio, mewn acen Glasgow gref, wrth bawb a oedd yn camgymryd, 'She's not my real mam.'

Mi oedd hi hefyd ar adegau wedi dweud wrth bobl fod Helen yn mynd i fyw am yn hir, hir. Wrth gwrs, doedd yna neb yn cymryd rhyw lawer o sylw, neu os oeddan nhw roeddan nhw'n sôn rhywbeth am y trawma o golli mam yn ifanc ac y buasai wedi bod yn well i'w thad adael iddi anghofio, yn enwedig gan nad oedd yna deulu ar ochr ei mam. Ond wrth iddi fynd yn hŷn mi ddysgodd Llywela nad oedd hynny'n rhywbeth i'w drafod y tu allan i bedair wal y cartref. I bob pwrpas, mi oedd y ddau'n ymddangos yn gyhoeddus fel cwpl a ddim yn cywiro'r rhai a oedd yn cyfeirio at 'your husband' neu 'your wife'. Dau wely sengl oedd yn eu llofft, ond os oedd rhywun yn sylweddoli hynny doedd o ond yn cyd-fynd efo cwpl nad oedd yn arbennig o gorfforol gariadus efo'i gilydd. Ac eto, roedd hi'n amlwg i'r ychydig a oedd yn eu hadnabod eu bod yn gwpl a oedd yn deall ei gilydd yn dda iawn.

Fuodd yna erioed drafodaeth ynglŷn â be i'w ddweud wrth Llywela, ond fe deimlai'r ddau'n reddfol rhywsut y byddai esbonio wrthi mai ei nain oedd Helen yn ormod, ond ar y llaw arall ei bod hi'n well iddi wybod o'r dechrau bod Helen wedi bod yn fyw ers yn hir iawn ac y byddai hi'n byw am yn hir eto, mwyaf tebyg.

'Mi fysa'n well taswn i wedi gwneud hynny efo chdi.'

'Bysa,' atebodd John.

'Mi wnei dithau gamgymeriadau hefyd, gei di weld.'

Doedd o ddim yn siŵr ai camgymeriad oedd dweud wrth Llywela nad oedd ganddi nain a thaid ar ochr ei mam. Roedd pethau wedi mynd yn hyll yn y diwedd ond doedd o ddim yn eu casáu, ac mi oeddan nhw wedi bod yn dda efo fo yn y dechrau. Ond roedd hi'n ddewis, yn doedd – nhw neu Helen oedd y dewis, ac fe wnaeth benderfyniad. Yn achlysurol byddai'n amau nad oedd o'r penderfyniad cywir, ac y byddai wedi bod yn well petai o wedi gadael Llywela i gael ei magu gan ei mam-gu. Ond roedd y penderfyniad wedi'i wneud. Ac wrth i'r blynyddoedd fynd heibio dechreuodd John deimlo mai camgymeriad oedd Glasgow hefyd. Trwy ryw wyrth roedd o wedi llwyddo i gael gwaith a doeddan nhw ddim yn byw yn y tenements tlotaf, ond doedd y rheini ddim ymhell. Byddai'n cerdded heibio iddynt wrth fynd i'w waith ac yn gwylio wrth i rai gael eu dymchwel. Edrychodd Helen mewn rhyfeddod ar y blociau fflatiau tal, tal yn cael eu codi yn eu lle.

'Allwn i ddim byw i fyny'n fanna,' meddai ac aeth rhyw gryd trwyddi.

Roedd Llywela'n flin pan symudwyd rhai o'i ffrindiau allan i Easterhouse, un o'r *schemes* ar gyrion y ddinas. A John a Helen yn falch gan mai'r rheini oedd y ffrindiau llai derbyniol. Doedd ganddyn nhw ddim prawf eu bod nhw'n rhan o unrhyw gang ond roedd gwybod eu bod nhw bellach bum milltir i ffwrdd yn gysur.

'Falla dylan ni symud. Er ei mwyn hi,' byddai un ohonynt yn ei ddweud bob yn hyn a hyn, a'r llall yn cyd-weld. Ond wnaethon nhw ddim. Roedd Helen yn fwy rhan o'r gymuned yma nag yr oedd hi wedi bod yn nunlle arall. Doedd dim posib bod yn feudwy yn y strydoedd hyn, a phan wnaeth John ryw sylw am y peth fe atebodd heb feddwl.

'Fysa'r rhain ddim yn fy mradychu i.'

Felly aros yno wnaethon nhw a phryderu am Llywela yn ei harddegau ac yn tynnu at oed madael ysgol mewn dinas oedd fel petai'n mynd â'i phen iddi. Nid y pryder hwn a roddodd broc iddynt fynd yn y diwedd.

Roedd y ddau'n eistedd ar y soffa yn gwylio ffilm yn hwyr

y nos a Llywela yn ei gwely. Roedd John wedi cael potel o win yn anrheg Dolig gan ei gyflogwr, ac ar ôl cael gwydriad yr un gyda'u pryd mi oeddan nhw'n ei gorffen wrth wylio ffilm ar eu teledu newydd ac yn sgwrsio yn ystod yr hysbysebion. Aeth y ffilm yn un fwy rhywiol nag yr oeddan nhw wedi'i ddisgwyl; nid porn – byddai'n ddegawdau lawer cyn y byddai peth felly ar gael ar deledu – ond roedd yna sawl golygfa erotig. Tywalltodd Helen fwy o win.

'Wyt ti'n colli rhyw?'

Wnaeth o ddim ateb yn syth. Nid oherwydd bod y cwestiwn yn un rhy bersonol ond oherwydd ei fod o isio meddwl.

'Yndw. Ac yn colli mwytha mwy na hynny. Be amdanat ti?'

'Yndw.'

Mi ddigwyddodd yn sydyn ac fe ddigwyddodd yn araf ac mi oedd hi'n anodd dweud pwy oedd yn gyfrifol. A doedd hi'n ddim byd ond cusan. Helen ymddiheurodd.

'Sori.'

Dim mwy na hynny. Sythodd a symud ychydig fel bod yna ddarn o glustog gwag rhyngddynt ar y soffa. Daeth y ffilm i ben a wnaethon nhw ddim cyfeirio at y peth wedyn. Er, mi wnaeth Helen feddwl llawer amdano. Mi ddylai ei bod hi wedi sylweddoli. Roedd hi'n gwybod ei bod hi'n rhwystredig yn rhywiol a bod y cyfnod hesb yma'n rhy hir. Ac mi oedd hi'n gwybod bod esgus byw fel gŵr a gwraig ers pymtheg mlynedd yn beth od i'w wneud, wedi bod yn beth gwirion i'w wneud. A pheth od oedd cariad – roedd pob math o gariad yn rhywbeth llawer mwy corfforol nag yr oedd pobl yn ei sylweddoli. Yn doedd hi wedi cusanu bol y person yma a dweud y byddai hi'n gallu ei fwyta? Wedi gwirioni efo'i gorff, wedi bod yn hollol gyfarwydd â siâp ei aeliau ac arogl ei war? A rŵan mi oedd o'n ddyn 'run oed â hi, neu hyd yn oed sbelan yn hŷn na hi. Yn fuan iawn mi fyddai o'n rhy hen i apelio ati hi'n rhywiol beth bynnag.

Rhyw wythnos wedyn y dechreuon nhw drafod symud.

Efallai mai John wnaeth awgrymu'r peth. Neu efallai mai Helen wnaeth. Ond mi oeddan nhw'n gytûn bod isio symud. Symud i le oedd y cwestiwn.

'Llywela gafodd ddewis y tro diwethaf.'

'Ddim tro 'ma. A beth bynnag, fyddai hi ddim isio gadael Glasgow.'

'Does yna'r un plentyn isio symud,' atebodd John. Ac fe wyddai'r ddau ei fod o'n cyfeirio at y daith honno o Benrhyndeudraeth i Gaerdydd.

''Nôl i Gymru?' gofynnodd un.

'Ia. Er, wn i ddim pam,' atebodd y llall.

'I gyfiawnhau'r ffaith bod ni wedi mynnu bod nacw'n siarad Cymraeg?'

Ac fe chwarddodd y ddau.

Hysbyseb yn y *Cambrian News* oedd o – hen blasty yn y canolbarth a oedd efo maes carafannau hefyd, ac mi oeddan nhw angen dau weithiwr, un i fod yn gyfrifol am y tŷ a'r llall i fod yn gyfrifol am y maes carafannau. Roedd fflat bychan ar gael a phetai angen, gallai'r un oedd yn gofalu am y maes carafannau gael carafán i fyw ynddi. Roedd y perchnogion yn dal i fyw yn y plasty'n achlysurol ond roedd hefyd yn agored i'r cyhoedd dridiau'r wythnos, a byddai angen tywys pobl o'i amgylch yn ogystal â glanhau a chynnal a chadw.

'Yr unig broblem fydd esbonio wrthi hi pa mor bell ydi siopa a pictiwrs ac na fydd 'na neb yn dallt ei hacen hi.'

Mi wyddai Llywela fod yna rywbeth yn bod yr eiliad y daeth hi adref o'r ysgol. Roedd John a Helen yn amlwg yn aros amdani.

'Nid fi nath. *Innocent. Ok?*'

'Gawn ni drafod beth bynnag ti'n sôn amdano fo wedyn,' meddai'i thad.

'Stedda lawr, pwt,' meddai Helen. 'Mae gen i a dy dad rwbath i'w ddeud wrthat ti.'

'Dw i'n gwbod am *sex.*'

'A ti'n gwbod nad ydi Helen yn heneiddio.'

'Ond tydi hynny ddim *actually* yn wir, nag ydi?'

Edrychodd Llywela ar eu hwynebau a sylweddoli, heb i'r un o'r ddau ohonynt ddweud gair, fod yr hyn yr oedd hi'n ei wybod ac yn ei gredu pan oedd hi'n bump ac yn chwech ac efallai'n saith, ac wedi fwy neu lai anghofio amdano fo wedyn, yn wir.

''Dach chi'n siriys, tydach?'

Mi ddysgodd John lawer wrth wrando ar Helen yn sgwrsio efo Llywela. Roedd hi'n holi llawer mwy na fo, ac yn herio mwy.

'Ond pam mae'n rhaid symud? Pam na fedri di jest aros yn un lle? Be ydi o o bwys os nad wyt ti'n mynd i edrych yn hen?'

'Tydi pobl ddim yn garedig efo pobl wahanol. Coelia fi. A tydyn nhw ddim yn garedig efo pobl sydd yn rhan o'u teulu nhw.'

Y sioc fwyaf i Llywela oedd deall mai ei nain oedd Helen. Nid oedd John na Helen wedi bwriadu dweud wrthi ond mi oedd hi'n holi cymaint fel y bu rhaid. Mi roddodd y gorau i holi wedyn, fel petai hi'n poeni be fyddai'n cael ei ddatgelu nesaf. Esboniodd y ddau wrthi eu bod am symud i Gymru, a'u bod wedi cael gwaith yno.

'Mi gawson ni gyfweliad wythnos ddiwethaf,' meddai John.

'Pan naethon ni ddeud ein bod ni'n mynd i gynhebrwng,' ychwanegodd Helen.

'Rhaid i chi stopio deud clwydda wrtha i.'

Ac mi wnaeth ei difrifoldeb a'i diniweidrwydd wneud i Helen a John deimlo'n eithriadol o euog.

'Iawn,' meddai Helen, 'dw i'n gaddo – dim mwy o gelwydd. Ac os wyt ti isio gwbod rhywbeth rhaid i ti ofyn ac mi wna i dy ateb di'n onast. Dw i'n gaddo.'

DYFFRYN BANW

Pennod 19

Eu gollwng nhw wrth y prif giatiau wnaeth y tacsi o'r orsaf a bu rhaid iddynt gerdded i fyny'r dreif – Helen a Llywela'n cario cês yr un a John yn llusgo clamp o drync lledr ar olwynion.

'Dw i 'rioed wedi symud efo cymaint o betha,' cwynodd Helen.

Ond yna fe aeth y tri heibio'r tro yn y dreif a gweld Plas Llannerch o'u blaenau.

'Waw!' meddai Llywela.

'Ia'n de.'

'Ond 'dach chi'ch dau wedi'i weld o o'r blaen?'

'Naddo. Mewn gwesty ger yr orsaf oedd y cyfweliadau. Mwy hwylus.'

O'u blaenau roedd tŷ deulawr hir a iorwg yn tyfu dros ei hanner ac yn mygu'r ffenestri. Er mai dim ond deulawr oedd o mi oedd yna ryw deimlad hyderus i'r tŷ, fel petai'n gwybod mai ei berchnogion o oedd yn berchen y rhan fwyaf o'r cwm bychan, ac mai nhw oedd wedi bod yn berchen arno ers canrifoedd.

Erbyn iddyn nhw gerdded i fyny at y tŷ a gweld y fflat bychan yn yr hen feudy yn y cefn a'r garafán llai byth lle roedd John yn mynd i fyw, roedd y 'Waw!' wedi troi'n 'Dymp! So os dw i isio gweld ffilm mae'n rhaid i mi fynd yr holl ffordd …'

'A siopa a llyfrgell ac ysgol a deintydd a …'

'Ok, ok, I get the picture.'

Ond, er gwaethaf y ffaith eu bod nhw i gyd yn hiraethu ychydig am Glasgow petaen nhw'n onest, bu'r blynyddoedd nesaf yn rhai braf. Allai Helen byth esbonio pam ei bod hi'n dychwelyd i Gymru bob tro. Hyd yn oed rŵan a llai o bobl yn siarad yr iaith a'r holl wlad yn mynd yn debycach i Loegr, roedd hi'n dal i'w denu. Fe setlodd Llywela yn yr ysgol ac er na fyddai wedi cyfaddef am eiliad bod mwynder Maldwyn yn well na chaledi Glasgow, roedd yn debygol o fod wedi gwneud lles i'w chanlyniadau lefel O. Roedd yn syndod i bawb pan benderfynodd y byddai'n aros ar gyfer y chweched dosbarth.

Byw efo Helen, ei modryb Helen, wnaeth Llywela i bob pwrpas, a'i thad yn y garafán. Ac er bod rhai pobl yn ystyried eu trefniant ychydig yn od, wnaeth 'na neb fusnesu rhyw lawer. Ac mi oedd y trefniant yn golygu bod posib i John a Helen ddatblygu perthynas efo pobl eraill. Ond rhywbeth tymor byr oeddan nhw bob tro yn achos y ddau – cwmni i fynd i weld drama a rhyw yn achlysurol. Fyddai yna ddim Rhian arall, roedd John yn bendant o hynny. Ac mi oedd Helen yn giamstar bellach ar gadw perthynas yn un ysgafn a dod â hi i ben mewn modd di-lol. Roedd hi wedi gwneud camgymeriad efo Llew, camgymeriad na fyddai'n ei wneud eto.

Roedd hi'n gyda'r nos braf yn yr haf, pawb yn y maes carafannau'n fodlon a didrafferth am unwaith a John a Helen yn eistedd y tu allan i'w garafán efo paned. Roedd Llywela wedi cynnig cerdded i lawr at y bloc toiledau i symud y biniau at y giât erbyn y bore. Ddeuddydd ynghynt mi oedd hi wedi sefyll ei harholiad lefel A olaf ac ymhen tridiau fe fyddai'n mynd gyda'i ffrindiau i Sbaen am wythnos. Edrychodd y ddau arni'n cerdded yn ôl i fyny'r allt tuag at garafán John ac yn plygu i godi pecyn creision gwag a oedd wedi chwythu o rywle.

'Tyfu i fyny, tydi?'

Oedodd Helen am funud.

'Yndi, yn feddyliol.'

'Be mae hynna'n feddwl?'

'O, dwn i'm. Dim byd. Mae hi rhy fuan i ddeud.'

Nid oedd hi wedi sôn wrth John mai dim ond ychydig

wythnosau'n ôl yr oedd Llywela wedi cael ei mislif cyntaf. Roedd Llywela ei hun, ar ôl darllen rhyw gylchgrawn, wedi awgrymu mynd at y meddyg, ond fe lwyddodd Helen i'w darbwyllo i beidio. A rŵan mi oedd o wedi digwydd, felly roedd posib iddyn nhw roi'r gorau i boeni am hynny. Ac mi oedd o dipyn cynt nag yr oedd Helen ei hun wedi bod yn y dechrau. A doedd greddf ddim yn brawf, wrth gwrs.

Fe aeth Llywela allan am beint y noson honno a dod adref yn flin.

'Barman newydd yn y Goat yn gwrthod fy syrfio i. Deud 'mod i'n edrych tua deuddag!'

'Gymri di wydriad o win efo fi?'

Anaml iawn roedd hi'n cael cynnig alcohol gan Helen na John, a phetai hi'n onest doedd hi ddim yn hoff iawn o win. Lager a fodca oedd ei diodydd hi fel y rhan fwyaf o'i ffrindiau. Ond doedd hi ddim isio gwrthod cynnig Helen, neu efallai na fyddai cyfle felly'n dod eto.

'Diolch yn fawr.'

'Gwyn 'ta coch?'

'Gwyn, plis.'

Er, mi oedd hi'n gwybod y byddai'n sych a ddim byd tebyg i'r Blue Nun roedd criw y chweched yn ei brynu weithiau os oeddan nhw am ymddangos yn soffistigedig. Cymerodd sip betrus braidd o'r hyn yr oedd Helen wedi'i dywallt i'r gwydryn a synnu ei bod yn ei hoffi.

'Mi oeddwn i'n ama y bysa well gen ti rwbath melys.'

'Dw i ddim yn edrych fel rhywun deuddag oed, nag ydw?'

'Nag wyt, pwt. Ond mi wyt ti'n edrych yn ifanc o dy oed, yn dwyt, er gwaetha'r masgara a'r *khol* 'na.'

Tywalltodd Helen fwy o win iddi hi ei hun a chodi i droi'r chwaraewr tapiau i lawr ychydig. Gwrando ar gerddoriaeth glasurol oedd hi, er na wyddai Llywela be oedd o – Bach efallai. Dyna rywbeth arall, fel y gwin, nad oedd hi'n meddwl ei bod yn ei hoffi, ond a oedd go iawn yn apelio ati.

'Helen?'

'Ia?'

'Dim byd.'

'Deud be oeddat ti'n mynd i ddeud. Neu gofyn be oeddat ti'n mynd i'w ofyn.'

'Wyt ti'n meddwl … Wyt i'n meddwl 'mod i fatha chdi?'

Doedd Helen ddim wedi disgwyl iddi hi ofyn. Doedd hi ei hun heb ofyn i neb. Ond wrth gwrs, doedd hi ddim yn gwybod ei fod o'n bosibilrwydd, felly pam y dylai hi fod wedi meddwl bod edrych yn ifanc o'i hoed yn arwydd ei bod hi'n mynd i fyw am gannoedd o flynyddoedd? Ac i bwy fyddai hi wedi gallu gofyn beth bynnag? Ond mi oedd Llywela yn gwybod bod yna o leiaf un person felly'n bod, a honno'n perthyn iddi hi.

'Dw i ddim yn gwbod. Mae hi rhy gynnar i ddeud.'

'Ond be ti'n feddwl?'

'Falla. Ond am rŵan rhaid i ti fyw fel 'sat ti fatha dy dad.'

'Dw i isio gwbod.'

Ac er nad oedd hi'n gwybod be oedd yr ateb ei hun, fe ofynnodd Helen iddi a fyddai o'n newyddion drwg neu yn newyddion da.

'Dw i jest isio gwbod. Mi fysa doctor yn gallu deud, yn bysa? Mae'n rhaid bod 'na ryw dest.'

Wnaeth Helen ddim ateb, ac fe roddodd hynny amser i Llywela sylweddoli ei bod hi wedi dweud rhywbeth gwirion.

'Fysa fo ddim yn fy nghoelio i, na fysa? 'Sa fo'n meddwl 'mod i'n boncyrs, yn bysa?'

'Dychmyga …'

Ac fe chwarddodd y ddwy ohonyn nhw wrth ddychmygu Dr Powell, dyn a oedd yn rhoi'r argraff o fod yn ffrwcslyd ac allan o'i ddyfnder wrth ymdrin â pheswch neu rash, yn trio meddwl am ateb petaen nhw'n gofyn am brofion a fyddai'n dweud a oedd Llywela yn mynd i fyw am tua saith can mlynedd fel Helen.

'Does dim isio chwerthin, 'sti. Mae pobl yn gallu bod yn frwnt pan nad ydyn nhw'n dallt petha, pan maen nhw'n meddwl bod pobl yn wahanol.'

Ac yna trodd Helen y stori gan sôn am ganlyniadau lefel A a gobeithion Llywela o fynd i'r brifysgol.

Pennod 20

Roedd hi'n od heb Llywela. Doedd Lerpwl ddim yn bell, ond eto fyddai waeth iddi fod wedi bod ym mhen draw'r byd. Prin y byddai hi'n cysylltu o un pen tymor i'r llall. Ac mi oedd hi'n aeaf a llai o bobl yn dod i weld y plas a llawer llai o bobl yn dod gyda'u carafannau, felly roedd yna lai o waith i Helen ac i John. Canlyniad hyn oedd eu bod yn treulio mwy o amser gyda'i gilydd. Mi lithrodd y ddau i'r arfer o fwyta efo'i gilydd bob gyda'r nos – weithiau yn y garafán, weithiau yn fflat Helen.

'Mi fedran ni aros yma dipyn eto'n medran?' gofynnodd John, heb i neb ddweud unrhyw beth i arwain at y cwestiwn.

'Mae'n siŵr.'

'Tydw i ddim yn edrych mor hen â hynny, nag ydw?'

Edrychodd Helen arno a gwenu. 'Nag wyt. Ti ddim yn bad o ddyn sy bron yn hanner cant. Ti wedi twchu chydig, mae'n siŵr.'

'Mae'r doctor newydd 'na'n poeni am fy mhwysa gwaed i. Dw i wedi gwrthod tabledi ac wedi gaddo colli pwysa.'

Symudodd Helen y ddysgl fenyn oddi wrtho.

'Pryd gest ti wbod hyn?'

'Rhyw ddeufis yn ôl.'

'A nest ti ddim deud dim byd.'

'Ddim isio i chi, genod ifanc, boeni.'

Rhoddodd Helen ei llaw yn ysgafn ar ei fraich.

'Fy nghorff i sydd yn ifanc, Sionyn. Dw i'n hen ac yn gall. Dw i wedi gweld lot o bobl yn heneiddio.'

'Do, siŵr.'

Ac fe basiodd fel mae cwmwl yn pasio ar ddydd o haf, a Helen yn ymladd yr ysfa i ddweud wrtho nad oedd hi erioed, erioed yn yr holl flynyddoedd, wedi gweld ei mab yn heneiddio. Ac nad oedd hi'n hen ac yn gall, oherwydd nad oedd hi 'rioed wedi gorfod wynebu hyn. Doedd hi – a dim ond rŵan roedd hi'n sylweddoli hyn – 'rioed wedi gweld plentyn neb yn heneiddio. Oherwydd nad oedd hi'n aros yn nunlle doedd hi ddim yn cael y profiad hwnnw. Eithriad, un siawns mewn miloedd ar filoedd, oedd Gwen Davies. Cyd-ddigwyddiad rhyfeddaf oedd o fod rhywun roedd hi wedi'i adnabod am gyfnod byr pan oedd honno'n blentyn bach wedi dod yn ôl i'w bywyd. Ac mi oedd hynny wedi bod yn anodd. Yn llawer anoddach na wnaeth hi gyfaddef wrth neb ar y pryd.

Oeddan nhw, y rhai wnaeth ei rhybuddio, wedi amau hyn efallai? Go brin. Sut fydden nhw'n gwbod, 'de? Dim ond ofn oedd yn eu rheoli. Ond fe roddai'r byd weithiau am gael sgwrs efo nhw.

Er mor anghysbell oedd Plas Llannerch, ac er nad oeddan nhw'n cymysgu gyda llawer o neb lleol, ac er mai dim ond unwaith y flwyddyn efallai y byddai teulu yn y carafannau yn dychwelyd, roedd hi'n dechrau ymddangos y byddai'n rhaid symud. Y bore o'r blaen roedd Mr Watford, a oedd wedi bod yn dod efo'i garafán ers iddyn nhw ddechrau gweithio yno, wedi gwneud rhyw sylw.

'Your sister, Johnnie! Doesn't look a day older than when I first saw her!'

Roedd John wedi cyd-weld ac wedi creu rhyw chydig o gryd cymalau dychmygol ar gyfer Helen. Er, yn anffodus, wrth iddo ddweud hynny mi neidiodd Helen i lawr oddi ar y cwad yn eithriadol o heini a brasgamu tuag atynt.

'Drugs working today,' meddai John gan ddifaru iddo wneud dim mwy na chyd-weld efo Mr Watford.

'Well, she still looks amazing. You and I on the other hand, son ...'

Ac mi oedd Mr Watford wedi torri yn ystod y flwyddyn a fu, ac ar ddiwedd yr wythnos, pan ddaeth i dalu am ei le, yr un lle bob blwyddyn, yr ail o'r chwith ger y gwrych, dywedodd wrthynt ei fod wedi gwerthu ei garafán ac na fyddai'n eu gweld eto. Doedd o heb fwynhau carafanio cymaint beth bynnag ers iddo golli ei wraig dair blynedd yn ôl.

'Left a great bloody big hole she has.'

Rhoddodd John y siec, a'r cyfrif yn dal yn enw'r ddau, yn y drôr a diolch iddo.

'All the best to you two. And to little Lywela.'

Gwyliodd Helen a John o'n bachu ei garafán ac yn gyrru i lawr y ffordd.

'Amser i ninna feddwl am symud, tydi?'

'Mi fydd yn chwith gen i adael fama,' atebodd Helen. 'Mae o wedi bod yn lle da'n tydi?'

Ond fe wyddai hithau nad oedd posib aros yn llawer hirach.

'Oes isio trafod efo Llywela, d'wad?'

Wyddai o ddim a fyddai gan Llywela, yn gorffen ei doethuriaeth ym Mryste ac yn byw efo rhyw fachgen nad oeddan nhw ond wedi'i gyfarfod unwaith, ddiddordeb. Ac eto, doedd o ddim yn teimlo'n gyfforddus yn codi pac ac yna'n gadael iddi hi wybod lle roeddan nhw.

'Gad iddi hi fwynhau ei rhyddid tra medrith hi,' atebodd Helen.

BANGOR

PENNOD 21

Bu rhaid sgwrsio efo Llywela, wrth gwrs. Helen ffoniodd hi.

'Dw i a John wedi gadael Plas Llannerch.'

'O, na!'

'O'n i'n meddwl mai dymp oedd o?'

Chwarddodd Llywela.

'Dim ond am ryw chwe mis wnes i ei alw fo'n hynna.'

Ac yna difrifolodd.

'Ond Plas Llannerch ydi adra.'

Synnodd Helen ei chlywed yn dweud hynny. Roedd hi wedi anghofio pa mor gryf oedd y syniad o adref i'r rhan fwyaf o bobl a hithau wedi symud cymaint. Doedd yna nunlle. Ac fe anwybyddodd y llais bach a oedd yn ei hatgoffa nad oedd hi erioed wedi mynd yn ôl i gyffiniau Dolgellau, er ei bod hi'n dal i feddwl weithiau am afon Wnion ac am y bobl oedd yn byw yno.

'Be sy'n fwy o broblem i chdi, beryg, ydi 'mod i a John wedi cyflwyno'n hunain i bawb yn fama fel tad a merch. Dw i ddim yn siŵr be ti'n mynd i ddeud wrth Steve.'

'Dw i wedi gorffen efo Steve.'

Ac yna dechreuodd Llywela grio.

'Wel, fi ddudodd wrtho fo fynd, ond mi oedd o wedi ...'

Roedd hi'n amhosib deall gweddill y stori.

'Tyd adra, mi gei di drên i Fangor. Gei di fwytha a chacan siocled. Tydi dy dad heb dy weld ers hydoedd a fydd o ddim efo ni ...'

'Blydi hel, Helen, mae o dal yn 'i ffifftis.'

Roedd y dagrau wedi peidio mor fuan ag y dechreuon nhw. Ond fe ddaeth Llywela i Fangor. Cyrhaeddodd efo cês anferth a oedd yn eithriadol o drwm gan ei fod yn cynnwys cymharol ychydig o ddillad a llawer iawn o lyfrau. Byddai'n diflannu i lyfrgell y brifysgol bob bore ar ôl brecwast ac yn ailymddangos amser te. Diolchodd Helen ei bod wedi digwydd symud i dŷ tair llofft, a diolchodd John ei fod wedi perswadio Helen mai'r tŷ tair llofft oedd yr un gorau.

Roedd y rhan fwyaf o bobl yn cymryd mai tad a'i ddwy ferch oedd y bobl newydd yn y tŷ pen, ac ar y cyfan fyddai'r un o'r tri yn ceisio'u darbwyllo nhw fel arall nac yn cadarnhau hynny. Pe byddai rhywun yn mynegi syndod o glywed Llywela'n galw John yn Dad a Helen yn ei alw'n John, mi fydden nhw'n esbonio nad chwiorydd go iawn oeddan nhw ac yn ddi-ffael fe fyddai'r holwr yn dweud eu bod nhw mor debyg.

'Ia, wel, mi ydan ni'n perthyn ond ...'

A doedd ond isio petruso'n ddigon hir ar y pwynt yna i bron iawn pawb deimlo eu bod yn busnesu gormod a bod yna ryw gyfrinach deuluol, ac efallai fod John yn fwy o dderyn nag yr oedd o'n ymddangos. Neu o leiaf ei fod o wedi bod yn dderyn pan oedd o'n iau. Roedd hi'n anodd dychmygu'r dyn yma yn ddyn ifanc – y dyn a oedd yn garddio yn ei drywsus cordyrói cyn mynd i'r tŷ ganol pnawn a golchi ei ddwylo cyn paratoi pryd i'r genod pan fyddent yn dod adref, un o'i gwaith fel ysgrifenyddes yn Ysbyty Dewi Sant a'r llall o'r coleg.

Byddai Llywela'n dal ati i weithio ar ei thraethawd ar ôl swper.

'Dw i'n tynnu at y terfyn. Dyna pam roeddan nhw'n fodlon i mi ddod yma a'i orffen o yma.'

Roedd yr holl beth yn ddirgelwch i John. Roedd o wastad wedi bod yn ddigon balch o'i ferch, y stiwdant, ond ei dychmygu'n darllen ambell lyfr yn y bylchau rhwng partïon oedd o petai o'n onest, yn enwedig pan benderfynodd Llywela wneud MA ac yna doethuriaeth.

'Mae o'n waith caled go iawn, tydi?' meddai wrth Helen un gyda'r nos wrth iddo sychu'r llestri roedd hi'n eu golchi a

Llywela wedi swatio mewn cadair wrth y tân yn darllen llyfr eithriadol o sych yr olwg, gan sgwennu nodiadau mewn llyfr bychan wrth ei hochr bob yn hyn a hyn.

'Wastad wedi bod. Dw i'n cofio ...' Ac fe dorrodd Helen y frawddeg ar ei chanol.

'Cofio be?'

'Rwbath yn Rhydychen rhywbryd. Dim byd o bwys.'

Dyna reol arall yr oedd yn rhaid i Helen gadw ati – dim hel atgofion. Ddim atgofion go iawn. Roedd bywyd yn haws felly. Neu yn sicr, dim hel atgofion efo'r rhai na fydden nhw'n deall. Ond roedd John wedi bod o gwmpas cyn hired fel ei bod hi'n hawdd anghofio. Ac mi oedd John yn gwybod, yn doedd? Yr unig un 'rioed a oedd yn gwybod be oedd hi. Efallai mai dyna pam roedd hi'n ei garu gymaint. Neu efallai fod pawb yn caru eu plant fel hyn, hyd yn oed pan oeddan nhw'n tynnu at eu trigain ac yn cadw'r llestri yn y lle anghywir yn y cwpwrdd. Estynnodd ar ei draws a symud y plât glas fel ei fod efo'r platiau glas eraill.

'Sori.'

'Dio'm bwys.'

A doedd o ddim bwys, nag oedd? Chydig iawn o bethau oedd yn bwysig a dweud y gwir. Y ddau yma oedd yr unig bethau pwysig. A doedd hi ddim yn gywir yn meddwl mai John oedd yr unig un a wyddai be oedd hi – roedd Llywela'n gwybod hefyd, wrth gwrs. Ond doedd o ddim yr un peth i Llywela, nag oedd? Nid ei bod hi'n dallt hynny eto, mwyaf tebyg. Er iddi drafod y peth unwaith pan oeddan nhw ym Mhowys, doedd Llywela heb sôn wedyn am y posibilrwydd ei bod wedi etifeddu hirhoedledd ei nain.

Rhoddodd Llywela ei llyfr ar un ochr.

'Rhywun isio panad?'

Ac fe gafodd pawb baned ac fe aeth John i'w wely'n eitha cynnar. Roedd o'n codi'n gynnar ac fe fyddai'r genod yn dod i lawr y grisiau bob bore i gegin gynnes ac arogl cig moch. Ar ôl iddo fynd, cododd Llywela a mynd â'r cwpanau budron at y sinc a thra oedd hi yno fe afaelodd Helen yn ei llyfr ac edrych arno.

'Pam nad ei di i'r coleg? Mi fysat ti'n ei fwynhau, dw i'n siŵr.'

Gwenodd Helen.

'Dw i wedi. Mi es i yn syth unwaith roeddan nhw'n caniatáu i ni fynd.'

'Ni?'

'Merched, 'de.'

Gosododd y llyfr yn ôl ar y bwrdd bach wrth ochr cadair Llywela.

'Ond mae o'n rhwystredig hefyd. Mae'n anodd datblygu gyrfa.'

Doedd Llywela ddim yn siŵr sut i ymateb. Anaml y byddai Helen yn cyfeirio at yr hyn yr oedd Llywela'n ei alw yn ei phen 'ei sefyllfa'. Ei anwybyddu roeddan nhw. Ond heno roedd hi fel petai isio trafod y peth.

'Tydi o ddim yn fêl i gyd, 'sti. Nid sôn am y pethau mawr ydw i, ond am y pethau bach. Fatha methu bod yn feddyg, wel, methu bod yn feddyg am yn hir beth bynnag. Rhaid i ti fod yn barod am bethau felly hefyd.'

'Ond falla …'

'Wyt, mi wyt ti. Dw i'n fwy a mwy sicr. Mae 'na ryw, rhyw deimlad gwahanol amdanat ti. Ti'n wahanol i sut oedd John yn dy oed di.'

Roedd Llywela isio dadlau, isio gwadu'r peth, isio taeru ei bod hi'n hollol normal. Ac mi oedd darn arall ohoni isio dathlu. A thrydedd ran yn derbyn yn dawel nad oedd hyn yn ddim ond cadarnhad o'r hyn a wyddai ym mêr ei hesgyrn.

'Ond does yna ddim sicrwydd.'

'Nag oes. Does yna'n dal ddim sicrwydd.'

Caeodd Llywela ei llyfr nodiadau a'i osod ar ben y llyfr, a'r llyfr ar ben ffeil, a rhoi'r feiro i'w chadw yn y cas pensiliau.

'Ydi Dad yn gwbod? Ydi o'n dallt 'mod i o bosib fatha chdi?'

'Falla. Dw i heb drafod y peth efo fo. Ond falla ei fod o'n ama.'

'Rhaid i ni neud yn fawr ohono fo.'

Gwenodd Helen arni. Roedd hi mor aeddfed ac mor ddiniwed.

'Gwneud yn fawr o John? Neu gwneud yn fawr o'r amser ychwanegol?'

'Gwneud yn fawr o Dad oeddwn i'n feddwl. Ond mae'r llall yn wir hefyd.'

Ceisiodd Helen esbonio bod yna rai a oedd yn manteisio'n llawn ar yr holl flynyddoedd a bod yna eraill a oedd yn eu hafradu – eu hafradu'n waeth na neb oherwydd bod yna gymaint ohonynt, oherwydd eu bod yn teimlo hyd nes y degawdau olaf bod yna bob tro yfory ac yfory ac yfory.

'Wna i ddim hynny!'

'Does yna neb yn gwbod sut y gwnân nhw ymateb.'

Doedd Helen ddim wedi rhagweld sut y byddai'n ymateb pan aeth hi efo John a Llywela i'r Plaza i wylio *E.T.* Doedd hi ond wedi awgrymu'r peth oherwydd ei bod hi a John yn teimlo bod Llywela'n gweithio'n rhy galed ac yn dal yn isel ar ôl beth bynnag ddigwyddodd efo Steve, er nad oedd hi'n trafod hynny byth. Nid oedd Helen wedi rhoi llawer o ystyriaeth i'r dewis o ffilm, ond mi oedd hi wedi clywed canmol i hon ac wedi cymryd y byddai ffilm a oedd yn cael ei disgrifio fel un addas i blant yn rhywbeth digon ysgafn a diniwed. Daeth oddi yno yn ei dagrau.

'Dyna sy'n digwydd bob tro pan maen nhw'n sylweddoli bod rhywun yn wahanol.'

Ond wnaeth hi ddim ymhelaethu, ac erbyn y diwrnod wedyn mi oedd hi'n chwerthin pan fyddai John a Llywela'n ymestyn eu bysedd tuag at y naill a'r llall ac yn dweud 'E.T. phone home'.

PENRHYNDEUDRAETH

Pennod 22

Camgymeriad oedd dod yma. Fel arfer fyddai hi ddim wedi dychwelyd i unrhyw le mor fuan. Ac eto, efallai fod yna ddigon o amser wedi mynd heibio. Go brin y byddai unrhyw un o'r genod oedd yn gweithio efo hi'n y gwaith powdr yn dal yn fyw. Ambell un o'r rhai ieuengaf falla, ond fe fydden nhw'n hŷn na John. Yr agosaf ddaeth hi at gael ei hadnabod oedd gweld hen lun o weithwyr y gwaith powdr yn y papur bro a sylweddoli ei bod hi yno yn y cefn. Roedd perchennog y llun yn holi a oedd rhywun yn cofio enwau'r gweithwyr. Mi edrychodd yn *Yr Wylan* y mis wedyn ac ar dudalen Facebook lle roedd y llun wedi ymddangos, ond doedd neb wedi cynnig enw ar gyfer y ferch a oedd wedi'i hanner cuddio yn y rhes gefn. Rhyddhad oedd yr ymateb amlwg, wrth gwrs, ond nid dyna'r unig ymateb. Prociodd ei theimladau fel mae rhywun yn procio dant drwg â'i dafod a darganfod ychydig bach o siom. Edrychodd yn fanwl trwy'r holl luniau oedd ar y we, ond er syndod iddi doedd yna ddim llun o Llew, a theimlodd fymryn mwy o siom. Ymddiheurodd wrth John ei bod wedi colli paned dros y papur ac wedi gorfod ei daflu. Dywedodd y byddai'n prynu copi arall ond wnaeth hi ddim.

Ond nid bod yn ôl ym Mhenrhyndeudraeth oedd yn ei phoeni go iawn, ond yn hytrach eu bod yn rhywle a oedd yn rhy agos at Fangor, yn enwedig erbyn hyn a phawb yn gallu cysylltu mor rhwydd a chyda'r holl wybodaeth oedd yn cael ei chadw am bob unigolyn. Roedd pethau wedi mynd yn llawer anoddach iddyn nhw yn ystod yr hanner can mlynedd diwethaf, a bu rhaid iddi hi ofyn am gymorth unwaith eto. Welodd hi erioed y ffasiwn newid. Nid dim ond tystysgrif geni oedd ei hangen arni erbyn hyn. Roedd angen creu hunaniaeth ddigidol os oedd am fyw yn llwyddiannus yn y byd ac aros ynghudd. Roedd mwy a mwy ohonynt yn encilio, ond roedd peryglon i hynny hefyd, wrth gwrs.

Ond doedd hi ddim yn fodlon encilio, ddim eto, felly mi oeddan nhw'n ôl yma. Yn ôl yma efo'r dogfennau ffug gorau posib ar ei chyfer hi a Llywela. Ac yn ôl yn fama oherwydd bod John wedi cael dewis. Be allai hi ei wneud ond rhoi'r dewis iddo fo?

'Dw i isio mynd yn ôl i Pendryn.'

Felly'n ôl y daethon nhw. Doedd dim posib teithio ar y trên o Fangor erbyn hyn. Biti. Mi fyddai hi wedi licio cyrraedd ar y trên, cyrraedd yr orsaf fach a oedd yn dal yno, er ei bod yn flerach a bod neb yn gweithio ar y platffform. Ond llogi fan wnaethpwyd – llwytho, gyrru, dadlwytho. A dyna nhw, yn bobl newydd efo'r un hen ddodrefn.

Ac mi oeddan nhw, trwy lwc yn fwy na thrwy fwriad, ddim ymhell o gapel Nazareth a oedd bellach yn dai, ac o fewn tafliad carreg i'r tŷ lle magwyd John. Roedd posib ei weld o ffenest eu llofft ffrynt nhw, ac yn honno, y llofft fwyaf, y cysgai John. Ac er bod ei wynt yn fyr fe fyddai'n mynd am dro bob bore. Troi i'r dde wrth ddod allan o'u tŷ nhw ac yna cerdded mewn cylch fel ei fod yn mynd heibio blaen rhif 1, Penllyn. Weithiau byddai'n troi i'r chwith ac yn gwneud cylch y ffordd arall gan ddychwelyd ar hyd Penllyn. Ond fel arfer, cerdded yn groes i'r cloc fyddai o'n ei wneud. Roedd rhywun wedi torri'r gwrych lle arferai'r titw cynffon hir ddawnsio ac mi oedd yna ddrws gwyn plastig yn lle'r un pren a oedd yn chwyddo yn y gaeaf. Bu bron iddo roi cnoc ar y drws plastig, cyflwyno'i hun, esbonio ei fod o wedi byw yno'n blentyn, ond mi oedd y perchennog allan ar ben drws rhyw fore pan oedd o'n pasio.

'Can I help you?' meddai hwnnw wrth sylwi ar John yn rhythu. Ond nid cynnig helpu oedd o.

Felly wnaeth John ddim cnocio'r drws a chyflwyno ei hun. Ac mi oedd o'n fwy gofalus nad oedd o'n stopio a rhythu ar ôl hynny. Dim ond pasio bob bore a thaflu cip sydyn i wneud yn siŵr fod y tŷ'n dal yno. Anaml roedd tai'n diflannu, wrth gwrs, ond allai dyn byth fod yn ddigon gofalus. Roedd pethau eraill, pob math o bethau, yn diflannu.

A phob tro y byddai'n pasio fe fyddai'n gweld gwrcath coch. Efallai nad oedd o yno, ond mi oedd o'n ei weld o – weithiau ar y sìl ffenest, weithiau'n croesi'r ffordd o'i flaen ac weithiau'n gorwedd o dan y gwrych nad oedd yn bod. Cena bach. Gresynai John ei fod wedi cael cyn lleied o anifeiliaid yn ystod ei fywyd. Mi oedd o'n hoff ohonyn nhw. Byddai mor braf cael Toby, neu fab i Toby neu wyres i Toby, yn tuthian ar dennyn wrth ei ochr pan fyddai'n mynd am dro. Allai Llywela ddim cofio Toby. Mi oedd o wedi'i holi hi. Mi oedd o hyd yn oed, pan nad oedd Helen o gwmpas i weld, wedi dangos llun iddi o Toby a'i mam. Wnaeth o ddim gofyn iddi a oedd hi'n cofio'i mam.

Yn fuan, roedd pawb yn gyfarwydd â fo fel yr 'hen ddyn 'na sydd isio siarad efo cŵn pawb'. Pan fyddai'r tywydd yn braf byddai'n eistedd allan yn y ffrynt lle roedd prin le i gadair rhwng y tŷ a'r ffordd, a llond ei bocedi o fisgedi cŵn. Byddai rhai perchnogion yn siarad ag o ac roedd yna eraill nad oeddan nhw ond yn dweud rhyw ddiolch neu *thank you* sydyn a dal ati i gerdded a'u bagiau cachu'n pendilio yn eu llaw. Roedd yna leiafrif a oedd yn cerdded yr ochr arall i'r ffordd, neu hyd yn oed yn osgoi'r ffordd honno, gan ddefnyddio alergedd neu ordewdra eu cŵn fel cyfiawnhad.

Os oedd perchnogion y cŵn yn Gymry Cymraeg hŷn byddai'n gofyn iddyn nhw a oeddan nhw'n cofio dyn o'r enw Llew. Ond doedd yna neb yn ei gofio ac roedd tŷ Llew yn dŷ haf ac wedi bod yn dŷ haf ers degawdau. Awgrymodd rhywun y gallai fynd i'r archifdy, neu gael gafael ar gyfrifiad ar y we. Ond wnaeth o ddim, dim ond byw mewn gobaith y byddai rhywun rhywbryd yn dweud mai Llew oedd ei daid a'i fod wedi cael bywyd hapus. Yn y cyfamser byddai'n dal ati i rannu Bonios bychan.

Roedd o'n hoffi bwydo pobl ac anifeiliaid. Weithiau byddai'n dal i goginio pryd i'r ddwy. Ar adegau eraill Llywela neu Helen fyddai'n coginio ac yn galw arno fo, ac yntau'n dod yn bwyllog at y bwrdd o'i gadair wrth y drws neu o'r soffa yn yr ystafell fyw lle byddai'n gwylio *Heno*. Weithiau fe fyddai pawb yn bwyta ar eu glin o flaen y teledu ac yn gwylio sioeau cwis, a'r ddau arall yn chwerthin a chlochdar pan fyddai Helen yn cael cwestiwn hanesyddol yn anghywir.

'Fedra i ddim cofio pob dim, na fedraf!'

neu

'Doeddwn i ddim yn y wlad pan ddigwyddodd hynny!'

Ac fe âi rhyw gryd neu ryw gynnwrf neu ias neu ofn, rhyw deimlad nad oedd ganddi enw amdano, trwy Llywela wrth iddi hi sylweddoli y byddai hithau rhywbryd yn methu cofio pethau oherwydd iddyn nhw ddigwydd ganrifoedd yn ôl. Roedd cof John yn wahanol. Mi oedd o'n cofio'r pethau rhyfeddaf ynglŷn â bod yn blentyn yn y pentref, ond yn cael trafferth cofio pa ffilm roedd o wedi'i gwylio'r diwrnod cynt. Tybed a fyddai Helen felly yn y diwedd? Ystyriodd Llywela ofyn iddi, ond penderfynu peidio.

'Pwdin, John?'

'Aros i weld os ydyn nhw'n ennill.'

Ac fe eisteddodd y ddwy, un bob ochr iddo fo, i weld diwedd y rhaglen, a rhyfeddu eu bod nhw, y pedwar dieithryn ar y sgrin, yn mynd adref efo pymtheg mil o bunnau'r un. Ac, fel miloedd oedd yn gwylio mewn miloedd o ystafelloedd eraill, trafod be fydden nhw'n ei wneud efo pres felly.

'Talu am gartref henoed da,' meddai John.

Ac fe gododd Llywela a mynd i nôl y pwdin o'r gegin.

Fu dim rhaid i John fynd i gartref. Fe lwyddodd y ddwy i ymgodymu â fo adref er ei fod yn mynd yn fwyfwy ffwndrus. Erbyn hyn roedd Llywela'n gweithio fel golygydd a phrawfddarllenydd hunangyflogedig. Treuliai ei dyddiau yn cywiro iaith erthyglau gwyddonol y byddai wedi gallu'u sgwennu ei hun yn well ac mewn hanner yr amser roedd hi'n ei gymryd i dwtio'r llanast oedd o'i blaen. Ond roedd y Dr Llywela Jones wedi gorfod diflannu o'r byd academaidd. Ceisiodd Helen ei pherswadio i newid ei henw cyntaf hefyd.

'A pa mor aml wyt ti'n neud?'

'Weithia. Ond mae Helen yn enw eitha cyffredin, a tydi o ddim fel 'sa fo wedi dyddio.'

''Sa fo'n anodd i John, anodd iddo fo 'ngalw i'n ddim byd arall.'

A doedd ond isio dweud hynny i Helen ailfeddwl. John oedd y peth pwysig. Felly Llywela Davies oedd yn gwneud y gwaith prawfddarllen wrth gadw golwg ar ei thaid oedrannus a'i chwaer yn glanhau bythynnod gwyliau.

'Ro'n i awydd newid.'

Ac mi oedd hi'n mwynhau bod ar ei phen ei hun, yn gyrru o un bwthyn i'r llall gan weld nemor neb, a derbyn arian yn ei chyfrif banc bob wythnos. Ddim llawer o arian ond hen ddigon. Diolchodd fod John wedi mynnu ei dysgu i yrru pan oeddan nhw yng nghefn gwlad Sir Drefaldwyn. Roedd hi wedi bod yn gyndyn. Er ei bod yn mabwysiadu rhai darganfyddiadau yn sydyn iawn mi oedd hi wedi bod yn betrus ynglŷn â cheir, petrus ohonynt o'r dechrau un, ac mi oedd hi'n reit hapus yn clywed pobl erbyn hyn yn darogan bod eu hoes ar fin dod i ben.

'Ddudis i'n do!' meddai'n uchel rhyw ddiwrnod wrth wrando ar banel ar un o raglenni Radio 4 yn darogan mai trafnidiaeth gyhoeddus a cheir trydan oedd y dyfodol.

Ond mi oedd hi, er mawr syndod iddi, yn mwynhau'r weithred o yrru car – y llywio, y newid gêr, y bagio, yn enwedig bagio'n dwt i mewn i le parcio cyfyng. Er ei bod yn well ganddi'r syniad o geffyl a throl doedd hi erioed wedi bod yn un dda am drin ceffylau, ond mi oedd hi'n ddreifar da.

Weithiau wrth yrru o Hafod Las i Celyn Cottage deuai ysfa drosti i adael Celyn Cottage yn flêr a budr ac yn hytrach ddal ati i yrru, a dal ati i yrru, a dal ati. Doedd ganddi byth leoliad penodol yn ei phen pan ddeuai'r ysfa yma, dim ond awydd i beidio mynd adref, i ddianc, i ddiflannu a gadael i Llywela edrych ar ôl ei thad. Ac fe wyddai hefyd nad edrych ar ôl John roedd hi am ei osgoi go iawn, ond yn hytrach osgoi'r cyfnod a fyddai'n dod pan na fyddai angen edrych ar ôl John.

Wnaeth hi ddim ildio i'r ysfa. Yr agosaf ddaeth hi oedd eistedd mewn cilfan uwchben Harlech am awr a chyrraedd adref yn hwyr a chreu rhyw stori am blydi Saeson wedi chwydu lond y sinc a heb ei glirio. Pan gyrhaeddodd adref y diwrnod hwnnw roedd Llywela a John wedi bwyta, ac roedd Llywela wedi dychwelyd at ei desg a John yn cysgu yn ei gadair tra oedd trigolion Cwmderi'n bod yn annaturiol o gymunedol ac yn annaturiol o anfoesol. Neu efallai mai hi, yn anghymdeithasol ac yn foesol, oedd yn annaturiol. Eisteddodd Helen ar y gadair gyferbyn â John a'i wylio'n cysgu hyd nes iddo ddeffro a'i gweld.

'Mam.'

'Sionyn.'

Ac fe wenodd y ddau, chwerthin bron iawn.

'Be ddigwyddodd rŵan, d'wad?' meddai John. 'Wyt ti wedi cael bwyd? Mae Llywela wedi gadael bwyd ar blât i ti.'

'Mi wna i ei roi o yn y meicro,' atebodd gan godi a mynd i'r gegin. Dychwelodd ymhen ychydig funudau efo'r bwyd yn boeth a dwy botel o gwrw oer. Gadawyd Cwmderi am noson arall a rhyw drychineb ar fin digwydd unwaith eto.

'Meddwl 'sat ti'n licio un,' meddai.

Honno oedd y botel gwrw olaf yfodd John. Ddeuddydd wedyn mi syrthiodd yn yr ardd. Roedd o wedi cymryd yn ei ben i olchi ei deis ac wedi mynd allan i'r ardd i'w tannu. Mi glywodd Llywela o'n gweiddi o'i swyddfa a chael hyd iddo'n gorwedd ar ei hyd ar lawr a'r tei coch a'r tei pinc yn diferyd dŵr ar ei ben. Fe ddaeth yr hogiau ambiwlans yn syndod o sydyn a chyn i Llywela gael gafael ar Helen hyd yn oed, mi oedd o yn yr ysbyty a'r doctoriaid yn edrych ar y lluniau peledr-X. Fe fyddai'r glun wedi asio'n iawn petai o heb gael niwmonia.

Wnaeth 'run o'r staff ar y ward gymryd llawer o sylw o'r hen ŵr, wyth deg wyth mlwydd oed, yn galw un wyres yn Mam ac yn cyfeirio at y llall fel ei ferch. Ceisiodd Helen ei gywiro i ddechrau.

'Gadwch lonydd iddo, 'mach i,' meddai nyrs hŷn brofiadol. 'Os fedrwch chi, 'de. Mae'n well i chi gyd-fynd efo beth bynnag ydi'i realiti o, efo beth bynnag mae o'n ei gredu. Haws iddo fo.'

Ac fe roddodd y claf yn y gwely winc slei ar ei fam ac ymestyn ei fraich i afael yn ei law. Am dridiau fe gymerodd Llywela a Helen eu tro yn cadw cwmni iddo, ond Helen oedd yno pan aeth o. Dyna ddywedodd hi wrth Llywela pan ffoniodd hi.

'Mae o wedi mynd.'

A doedd ganddi ddim syniad i ble roedd o wedi mynd. Sut allai o fod wedi digwydd mor sydyn? Mae'n rhaid ei bod hi wedi dweud hynny'n uchel pan oedd hi'n dal i eistedd wrth ochr y corff yn y gwely.

'Mae o'n digwydd felly weithiau. Well na'i fod o'n llusgo am wythnosau, er na fedrwch chi weld hynny rŵan.'

Ac er bod geiriau'r nyrs yn galed roedd ei llaw ar ysgwydd Helen mor addfwyn. Mi fyddai Helen wedi hoffi esbonio nad sôn am y farwolaeth oedd hi, nid sôn am y cyfnod hwn o salwch chwaith, ond sôn am ei fywyd. Roedd yr ychydig flynyddoedd rhwng y plentyn oedd prin yn gallu cerdded a'r hen ŵr musgrell, yr hen ŵr marw, wedi mynd mor sydyn. Mor uffernol o ddiawledig o annheg o sydyn.

Daeth Llywela. Mi ddaeth mewn pryd i weld ei gorff yn y gwely cyn iddo gael ei symud i rywle yng nghrombil yr ysbyty. A dyna fo rhywsut. Pan ofynnodd y trefnwr angladdau a oeddan nhw am weld y corff yn yr arch, gwrthod wnaeth y ddwy. Pan holodd a oedd yna deulu heblaw nhw'u dwy, ysgydwodd y ddwy eu pennau. Fe ddaeth yna lond het o bobl i'r gwasanaeth, pob un ohonynt o Benrhyndeudraeth a phob un ohonynt yn berchen ci. Ceisiodd y trefnwr angladdau esbonio wrth ei gymar fod yna rywbeth yn od ynglŷn â'r joban yma, ond allai o ddim cweit esbonio pam chwaith.

'Tydyn nhw ddim yn ymateb fatha pawb arall.'

'Chdi sy'n deud bod pawb yn ymateb yn wahanol.'

'Wn i. Ond ...'

Cododd ei sgwyddau.

'Ti'n meddwl bod nhw wedi lladd eu taid?' holodd y cymar a oedd yn gymar newydd ac yn dal ddim cweit wedi arfer gorwedd wrth ochr corff a oedd wedi bod yn ymdrin â chyrff trwy'r dydd.

'Na. Roeddan nhw'n amlwg yn ei garu. Mi fyddan nhw'n gweld ei golli, maen nhw'n galaru, dw i'n sicr o hynny. Mae 'na jest rwbath.'

Ac fe aeth y peth yn angof. Ond mi oedd o'n iawn, wrth gwrs. Ac mi oedd o hefyd yn iawn y byddai'r ddwy'n galaru ac yn gweld colli John.

Epilog

Tydi colli mab a cholli tad ddim 'run peth. Nid ein bod ni'n cystadlu, wrth gwrs, nid 'mod i'n bychanu profiad Llywela. Ond mae pawb, neu'r rhan fwyaf o bobl o leiaf, yn colli rhiant. Ond criw dethol ydan ni sydd yn colli plentyn. A chriw llai byth sydd yn gwybod o'r ennyd y mae'n cael ei eni, cyn hynny hyd yn oed, y byddant yn gorfod dygymod â'i farwolaeth. Mae hynny'n artaith – artaith sydd ddim ond yn para ychydig flynyddoedd i'r rhan fwyaf. Mi oeddwn i wedi byw efo'r artaith ers pedwar ugain ac wyth o flynyddoedd. A doedd dim posib i Llywela uniaethu efo hynny. Ac ar adegau mi oeddwn i'n ei chasáu am ei bod hi'n credu ein bod ni'n dioddef yr un peth dim ond oherwydd ein bod ni wedi colli'r un dyn.

Gallwn deimlo fy hun yn suddo i bydew. A hwnnw'n bydew llawer dyfnach na'r un y bûm ynddo ym Mhorth Amlwch. John oedd yr hyn a oedd wedi bodoli rhwng Llywela a finna. Rŵan doedd o ddim yno, ac yn hytrach na chlosio at ein gilydd i gau'r bwlch mi oeddan ni'n aros ar y ddwy lan fel petai, a'r bont wedi diflannu.

Mi oeddwn i'n gwylltio efo fi fy hun pan fyddwn i'n malu awyr fel hyn yn fy mhen, yn creu rhyw ddelweddau, rhyw drosiadau, yn meddwl, meddwl gormod.

'Gwna rywbeth!' medda fi wrtha i fy hun, wrth hwfro Celyn Cottage fel dynas o'i cho.

Ac wrth gwrs, yr hyn yr oeddwn i'n ei wneud bob tro yr oedd pethau ddim yn iawn oedd codi 'mhac – dyna oeddwn i wedi'i wneud erioed, ers canrifoedd. Ond mi oeddwn i wedi cael digon ar hynny. Roedd y ganrif ddiwethaf, ymhell cyn geni John, wedi bod yn symud diddiwedd. Roedd hi'n amser i mi fod yn llonydd am sbel. Ac mi oedd gen i gyfrifoldeb tuag at Llywela. Nid yn unig oherwydd ei bod hi'n ferch i John, yn wyres i mi, yn berthynas cig a gwaed, fy unig berthynas cig a gwaed yn y byd am wn i. Nid *yn unig oherwydd hynny, ond oherwydd ei bod hi fel fi. Mae o'n rhan o'n cyfrifoldeb ni i gadw golwg am rai tebyg, rhai nad ydynt wedi sylweddoli eto. Fe wnaeth yna rywun fy nwyn i i'r gorlan. Ond mi oeddwn i'n gwbod am Llywela ers hydoedd, toeddwn? Mi oeddwn i'n gallu edrych ar ei hôl hi, doedd yna ddim brys wedi bod. Ond efallai y dylwn i wneud rhywbeth rŵan.*

'Dw i'n meddwl y byddai'n syniad da i ni gael gwylia,' mentrais un gyda'r nos.

Roedd gen i ofn y byddai Llywela'n mynnu trefnu popeth ac y byddai'n rhaid i mi fynd i lle roedd hi isio mynd. Neu y byddai'n gwrthod y syniad yn llwyr. Ond roedd y syniad o wylia'n apelio a doedd ddim ots ganddi lle, medda hi. Ac roedd yna rywbeth yn y ffordd y gwnaeth hi ddweud hynny wnaeth i mi weld y ferch oedd wedi colli'i thad a chydymdeimlo efo hi. Beth bynnag, mi oedd o'n fy siwtio i'n iawn i drefnu popeth.

Mi gysylltais efo'r rhai oedd angen cysylltu â nhw. Ac fe aeth y ddwy ohonom ar awyren ym maes awyr Manceinion a hedfan i Greta. Roedd y syniad o haul a thraethau Groeg wedi plesio Llywela. Roeddwn wedi dangos lluniau gwesty iddi. Ac mi oedd y ddwy ohonom yn gwenu wrth gamu allan i wres ac awyr las. Efallai fod gwên Llywela braidd yn arwynebol, ond mi oedd hi'n wên. Ac efallai fod fy ngwên innau braidd yn nerfus.

'Mae gen i chydig o syrpréis i ti,' medda fi. ''Dan ni angen mynd ar gwch.'

'Be? Nid y gwesty nest ti drefnu?'

Ysgydwais fy mhen a gofyn i un o'r tacsis oedd o flaen y maes awyr fynd â ni i bentref bychan ychydig filltiroedd i ffwrdd.

'I lawr at yr harbwr, plis.'

Ac yn yr harbwr roedd cwch yn aros amdanom. Cofleidiais y ddwy ferch oedd yn ei lywio ac fe gydymdeimlodd y ddwy â fi, cyn sylweddoli nad oedd Llywela'n deall Groeg.

'Saesneg?' gofynnodd un ohonynt.

'Neu Gymraeg,' atebais.

Ond doedd yr un o'r ddwy'n siarad Cymraeg.

'Be sy'n digwydd?' holodd Llywela. 'Ti'n nabod y bobl yma.'

'Yndw. Ers blynyddoedd lawer.'

Ac fe sylweddolodd. Wn i ddim be wnaeth iddi sylweddoli, ond mi ddalltodd yn syth bron.

'Maen nhw fatha ni?'

Rhyw hanner cwestiwn oedd o, ac fe allwn deimlo bod yna fflyd o gwestiynau y tu ôl iddo.

'Mi gei di wbod mwy pan wnawn ni gyrraedd. Am rŵan mwynha'r daith.'

Ond wnaeth hi ddim mwynhau'r daith. Yn fuan iawn mi oedd hi'n teimlo'n sâl ac yn chwydu dros yr ochr. Yna daeth ati'i hun ac fe aeth i eistedd yn dawel ym mlaen y cwch. Edrychais arni o bell. Weithiau mi oedd hi mor debyg i'w thad ac mi oeddwn i'n agos iawn at ddagrau'n edrych arni. Efallai y byddai'r cyfnod yma'n gyfle i ni'n dwy glosio eto, cyfle i mi ailddarganfod yr hogan fach gyrhaeddodd Borth Amlwch gyda John, yr hogan fach oedd wedi cael ei hesgeuluso gen i wrth i mi edrych ar ei thad yn heneiddio.

Mi oeddan nhw wedi trefnu bwthyn bychan eitha diarffordd i ni'n dwy, un yr oeddwn i wedi aros ynddo unwaith o'r blaen, yn fuan iawn ar ôl i'r lle gael ei sefydlu. Daeth sawl un draw yn ystod y dydd, rhai nad oeddwn i wedi'u gweld ers degawdau lawer, rhai nad oeddwn i wedi'u gweld ers canrifoedd, ac yna gyda'r nos roedd cyfle i ni gyfarfod â phawb, neu o leiaf gyda phawb oedd ar yr ynys ar y pryd. Cyn hynny daeth Arania draw i gael sgwrs efo Llywela. Hi oedd yr un oedd yn edrych ar ôl y rhai newydd bob tro.

'Rhyw ffurfioldeb ydi hwn, 'de,' meddai. 'Mae'n siŵr bod Helen wedi esbonio popeth wrthat ti.'

'Naddo,' meddai'r ddwy ohonom fel parti llefaru.

Fe dynnodd hynny'r gwynt o hwyliau Arania braidd.

'Mae hi'n deall ei bod hi, fel fi, yn mynd i fyw am ryw wyth can mlynedd. Roedd hi'n gwbod nad fi oedd yr unig un. Ŵyr hi ddim llawer mwy na hynny.'

Trodd Arania at Llywela mewn syndod.

'Oeddat ti ddim isio gwbod mwy?'

'Nag oedd. Mi oeddwn i isio bod yn normal. Mi oeddwn i isio bod fatha Dad.'

'Wel, o leia mae'r gwaith anodd wedi'i neud,' meddai Arania. 'Cael pobl sydd yma am y tro cyntaf i dderbyn nad ydyn nhw 'run peth â'u teuluoedd ydi'r peth anoddaf fel arfer. O leia ti'n gwbod hynny.'

Mi es i wneud diod oer i bawb ac eistedd ychydig o'r neilltu a gwrando ar Arania yn esbonio pethau wrth Llywela. Esboniodd sut roedd yr ynys yn lloches i ni a bod y rhan fwyaf ohonom yn treulio cyfnodau ar yr ynys a chyfnodau yn y byd. Esboniodd fod yna reolau a chyfrifoldebau – cyfrinachedd, peidio defnyddio'r ffaith ein bod yn ganrifoedd oed i wneud unrhyw ddrwg, peidio gadael i deimladau cryfion ddatblygu am bobl gyffredin.

Edrychodd Llywela arna i a doedd dim rhaid iddi ofyn.

'Dyna pam dw i heb fod yma ers bron i ganrif. Mi wnes i ddewis cadw John. Mi ges fy esgymuno.'

'Ddim dyna'r gair,' cywirodd Arania fi.

Codais fy ysgwyddau. Beth oedd ots be oedd y gair cywir?

'Doeddwn i ddim yn cael dod yma. Doeddwn i ddim yn cael bod mewn cysylltiad efo pawb arall.'

'Ond mi gest gymorth. Mi wnes i addo y bysat ti'n cael cymorth.'

Roedd rhaid i mi gyfaddef fy mod i wedi cael cymorth – arian unwaith, dogfennau, dogfennau ar gyfer Llywela unwaith.

'A phetaet ti wedi torri cysylltiad efo fo mi fyddai popeth wedi bod yn iawn. Ond mi oeddat ti'n peryglu pawb yn dweud wrth un ohonyn nhw. Roedd yn rhaid i ni ddiogelu'n hunain.'

'Fy mab i oedd o, Arania.'

Cododd ei hysgwyddau mewn ystum a oedd yn diystyru'r holl beth.

Gwylltiais. 'Sgen ti ddim syniad!'

'Efallai fod yn well i mi fynd a dod yn ôl yn nes ymlaen,'

*meddai Arania. Roedd hi'n annioddefol o amyneddgar a
thawel. Ond un felly oedd hi. Roedd rhaid bod er mwyn gallu
esbonio wrth bobl oedd yn cyrraedd yma am y tro cyntaf.
Arania oedd wedi fy nghipio i a fy llusgo yma, fy nghipio cyn
i'r dorf fy nghlymu i'r gadair a'm trochi yn y pwll yn yr afon.
Roedd hi wedi clywed am y wrach nad oedd yn heneiddio. Criw
bach iawn ohonom oedd adeg honno ac mi oedd hi'n daith
dipyn anoddach i gyrraedd lle diogel. Ond ar y llaw arall mi
oedd hi'n haws diflannu. Roedd hynny'n mynd yn anoddach
ac yn anoddach.*

*Cododd Arania ac fe safodd Llywela hefyd a dweud y
byddai'n hoffi mynd am dro efo hi o amgylch yr ynys. Ac mi
eisteddais innau ar fy mhen fy hun. Roedd yr haul yn gynnes
ar fy nghroen, roedd y bougainvillia'n hardd, roedd yna adar
nad oeddwn i'n cofio'u henwau. Fe fyddai'n gwneud lles i mi
ymlacio yma am sbel ac anghofio am bopeth. Ond fe fyddai'n
anodd anghofio am bopeth. Byddai'n amhosib anghofio am
bopeth. Codais ar ôl ychydig a mynd at fy mag ac yn ofalus
iawn, llithro fy llaw i mewn o dan y leinin. Roeddwn i wedi
cuddio dau lun yno – llun o fachgen bach deg oed a llun o
hen ddyn pedwar ugain a phump. Edrychais ar y ddau lun
am yn hir. Ond wnes i ddim hyd yn oed crio. Rhyw dristwch
sych, caled oedd o erbyn hyn. Ac yna mi sylweddolais fod yna
rywbeth heblaw tristwch yna ac allwn i ddim peidio â gwenu
wrth edrych ar y lluniau a chofio.*

*Doeddwn i'n difaru dim, dim un eiliad. Ond fe fyddai'n
braf cael bod yma yn ymlacio. Byw heb boeni bod pobl yn
mynd i sylweddoli bod yna rywbeth gwahanol ynglŷn â fi.
Ynys lle roedd pawb fel fi. Roedd bron i ganrif yn y byd wedi
bod yn ormod. Rhoddais y lluniau yn ôl yn eu cuddfan a phan
ddychwelodd Llywela, ceisiais esbonio hyn i gyd iddi hi.*

*'Fe fydd yn braf i titha, 'sti. Ac yn amser da i gilio am chydig,
dw i'n ama. Tydi pobl ddim mor oddefgar ag oeddan nhw, ddim*

tuag at neb. Mae o'n dod mewn tonnau, fe ddaw pethau'n well eto.'

Doedd fy nadl ddim fel petai'n tycio. Edrychai Llywela'n flin, neu'n drist, neu'n amheus neu'n …

'Be sy'n bod?'

'Roedd rhaid i mi ddeud wrthyn nhw. Wel, deud wrth Arania, ac mi ddudith hi wrth bawb arall.'

'Deud be?'

'Ti heb sylweddoli?'

'Be?'

'Dw i'n disgwyl. Disgwyl plentyn.'

Doeddwn i ddim yn gwbod be oeddwn i'n ei deimlo. Efallai y dylwn i deimlo'n euog, euog fy mod i wedi bod ar goll yn fy ngalar a heb sylweddoli fod yna rywbeth yn bod ar Llywela.

'Mi elli di … Mi drefnan nhw i ti …'

Torrodd ar fy nhraws. 'Na, dw i'n ei gadw fo. Dw i'n mynd yn ôl.'

Wyddwn i ddim be i'w ddeud.

'Mi fydda i'n iawn. Ac fe fydd gwbod dy fod ti'n fama, eich bod chi i gyd yn fama, yn help. Falla y do' i'n ôl i dy weld ti pan fydd o'n ddeunaw. Fydd o ddim fy angen i erbyn hynny.'

Cofleidiais hi, ac am funud mi oedd yr hogan fach yn ôl yn fy mreichiau. Ac wrth iddi adael y tŷ a cherdded i lawr at y cwch y bore wedyn mi oeddwn i yn fy nagrau. Edrychais o amgylch y bwthyn braf, diogel a bu bron i mi ei gadael hi'n rhy hwyr. Bu rhaid i mi redeg i lawr y llwybr a neidio ar y cwch funudau cyn iddo adael. Ceisiais berswadio fy hun mai isio arbed Llywela rhag camu oddi ar drên ar ei phen ei hun efo babi bach mewn gorsaf ddiarth a'r gwynt yn oer oddi ar y môr oeddwn i. Ac efallai fod yna ychydig o wir yn hynny. Ond hunanol oeddwn i yn y bôn.

Rhoddais fy mag i lawr wrth ochr ei bag hi.

'Oeddat ti'n meddwl am funud y byswn i'n gadael i ti fagu ŵyr John hebdda fi?'

Er iddi, amser maith yn ôl, ennill gradd mewn Swoleg, mae Sian yn gwneud ei bywoliaeth fel sgwennwr llawrydd gan ysgrifennu ffuglen, ar gyfer plant ac oedolion, a barddoniaeth. Mae hefyd yn gyfieithydd ac yn cynnal gweithdai ysgrifennu o bob math gyda diddordeb arbennig yn y cyswllt rhwng llenyddiaeth ac iechyd a llesiant. Yn ddiweddar mae wedi ennill doethuriaeth mewn ysgrifennu creadigol ym Mhrifysgol Bangor. *Perthyn* yw ei thrydedd nofel ar gyfer oedolion ac yn 2018 cyhoeddodd gyfrol o straeon byrion, *Celwydd Oll*. Mae'n byw ym Mhenrhyndeudraeth ac yn fam i dair ac yn nain i chwech.